Les marais de la mort

DU MÊME AUTEUR

Dans la même collection :

1. Destination Uruapan
2. Celui qui revenait de loin
3. L'éclair qui effaçait tout
4. L'évadé de l'an II
5. Pour sauver le diamant noir
6. ... Et les martiens invitèrent les hommes
7. Le navire qui remontait le temps
8. La ville qui n'existait pas
9. La voûte invisible
10. L'île surgie de la mer
11. Le robot qui vivait sa vie
12. S.O.S. Léonard de Vinci
13. Le naufragé des étoiles
14. Le matin des dinosaures
15. La grande peur de l'an 2117
16. 2159 - La fin des temps troublés
17. Les parias de l'an 2187
18. L'ordinateur qui semait le désordre

Série « Les évadés du temps »

1. Les trois portes
2. Le voyageur de l'au-delà
3. Volontaires pour l'inconnu
4. Un frère au fond des siècles
5. Chasse au tigre en Corrèze
6. Le monstre aux deux têtes
7. Descente au pays sans nom
8. Objectif : Nulle part

Série : « Livre-jeu »

1. La montagne aux robots
2. L'île aux pieuvres

Série : « Les Patrouilleurs de l'An 4003 »

1. La forêt des castors
2. Au pouvoir des corsaires
3. L'enlèvement du dieu blanc

Philippe Ebly

Les patrouilleurs de l'an 4003

Les marais de la mort

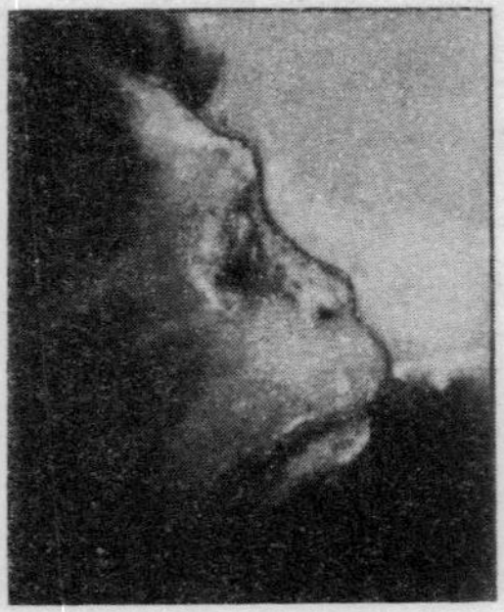

Illustrations de Jean-Marie Vives

Hachette

Les patrouilleurs de l'an 4003

Ce sont quatre jeunes aspirants à qui la Police de l'Espace confie des missions d'exploration ou de sauvetage, un peu partout. Chacune de ces missions les conduit sur une planète nouvelle toujours mystérieuse, inquiétante et sauvage.

Hachette, 79, boulevard Saint-Germain, Paris VIe

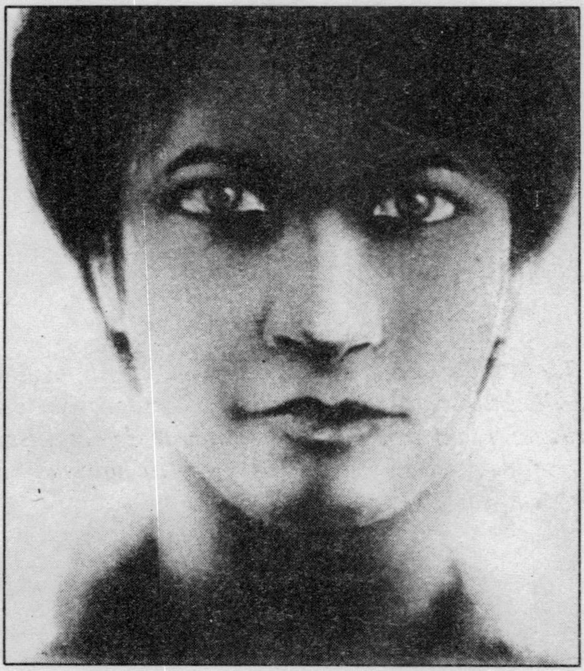

DOGANN

C'est à la fois le plus âgé et le chef de l'équipe. Il est costaud et résolu, avec de grands yeux gris et des cheveux châtain clair. Il est mécanicien, s'y connaît passablement en électronique et a beaucoup lu. C'est lui qui pilote la vedette spatiale.

KATIA

Elle a des cheveux châtains, des yeux noisette et le nez un peu retroussé. Elle est très sympathique et curieuse de tout – mais il est parfois difficile de l'amener à parler sérieusement.

XONI

Le plus jeune de la bande. Il a des cheveux blonds et des yeux bleus – et à cause de son âge, on ne le prend pas toujours au sérieux. Il aime les méthodes énergiques, et il est parfois très imprudent.

HINA

Une jeune Eurasienne, avec de grands yeux sombres et de lourds cheveux noirs – elle est très, très jolie, et ne prononce jamais une parole inutile. La plus silencieuse des quatre patrouilleurs.

1

L'aventure commença par un petit cri bizarre à la foi aigu et bref, et à ce moment, il y avait à peu près seize heures que l'Epervier 7 avait quitté sa base. Ce cri, c'était une espèce de couinement, qui ne pouvait provenir que d'un jeune animal ou d'un ordinateur.

« Khaïï...Khaïï... »

Dogann se détourna légèrement pour observer l'écran de l'ordinateur, où un avertissement venait d'apparaître.

« FONCTIONNEMENT ANORMAL DU MOTEUR ! » Au-dessous de cette inscription, on voyait une série de chiffres et de symboles, que Dogann sembla comprendre sans aucune peine.

« Pas trop grave », dit-il simplement.

Il poussa deux boutons du tableau de bord, et on cessa de sentir la poussée des moteurs.

« Tu vas réparer ? »

Hina était une jeune Eurasienne aux grands yeux sombres — très jolie. Elle savait, en toute occasion, éviter les phrases inutiles.

« Oui, répondit Dogann. Nous avons tout

ce qu'il faut à bord. Il n'y a vraiment pas de problème. Pendant que je cherche les outils, tu ferais bien de réveiller Xoni...

— Je peux t'aider, si tu veux. »

L'équipage d'un Epervier — ou plutôt d'une vedette spatiale du type E — comptait quatre aspirants. A cet instant précis, deux d'entre eux étaient de quart pendant que les deux autres dormaient.

« Merci, répliqua Dogann. Ton offre est très gentille mais tu n'y tiens pas tellement, au fond. Xoni c'est le contraire, il adore les réparations. Si j'oublie de l'éveiller, il va m'arracher les yeux.

— Compris. »

Et en effet Xoni accueillit la nouvelle avec un réel intérêt.

« Chouette ! s'écria-t-il. Qu'est-ce qu'on répare ? »

Xoni était le plus jeune des patrouilleurs. Il avait des yeux d'un bleu très clair, et son crâne semblait tondu — aucun de ses cheveux ne dépassait sept ou huit millimètres. Dogann n'était pas mieux loti. Tous deux avaient perdu leur chevelure assez récemment, et il fallait bien attendre qu'elle repousse[1].

« Il faut remplacer le déflecteur du moteur I, expliqua Dogann. Ce ne sera pas long.

— Alors, on sort ? »

Il existait deux vidoscaphes à bord des Eperviers. On les utilisait chaque fois qu'il

1. Voir *L'Enlèvement du dieu blanc,* dans la même collection.

fallait réparer la coque en plein vol, et cela n'arrivait pas souvent.

« Non, répondit Dogann. Tu sais qu'il y a des plaques d'obturation... Quand on travaille aux tuyères, tout se passe à l'intérieur. Et c'est ça qu'on va faire.

— Ah ? dit Xoni. Compris, grand chef. On fera comme tu voudras. »

Au ton de sa réponse, on devinait qu'il aurait préféré sortir dans l'espace... Après la fermeture des plaques d'obturation, il y eut un long sifflement — il fallait laisser entrer l'air dans le compartiment des tuyères. Puis Dogann dévissa le panneau qui donnait accès aux moteurs, et annonça :

« On peut y aller.

— Minute ! objecta Xoni. Attends au moins que ce soit refroidi...

— Pas de problème. Ça refroidit vite. »

Dogann avait déjà enfilé ses gants de travail. Il se coucha pour ramper entre les deux moteurs, et Xoni le suivit avec une baladeuse. Alors, la réparation commença — et le travail était assez malaisé car la place manquait. De temps en temps, Dogann demandait un outil que Xoni lui passait aussitôt.

« Ça va ? s'enquit Hina.

— Bien sûr ! répondit Dogann. Ce n'est pas compliqué, comme réparation. On me l'a fait faire au moins vingt fois, à l'entraînement... »

En effet, il travaillait vite et sans hésitation. Le seul ennui, c'est que les moteurs ne se refroidissaient pas aussi vite qu'on l'aurait espéré, mais Dogann ne voulait pas attendre.

Il se brûla deux ou trois fois, malgré ses gants, en jurant à voix basse.

« Tu dis ? demanda gentiment Xoni.

— Oh rien ! Rien du tout... »

Au bout d'une demi-heure, tout était terminé. Dogann vérifia que le nouveau déflecteur était bien fixé, et il inspecta soigneusement les deux moteurs, ou, du moins, ce qu'il pouvait en voir. Puis il se dégagea en rampant à reculons.

« C'est fini », annonça-t-il.

Il avait dû s'essuyer le visage au cours de son travail, car l'air était chaud près des moteurs, et il en gardait des traces noires sur les joues et sur le front. Il se mit aussitôt à revisser le panneau d'accès, pendant que Xoni rassemblait les outils. Un peu plus tard, on ouvrit à nouveau les plaques d'obturation, et il y eut un long sifflement quand l'air s'échappa vers l'extérieur.

« On va repartir ? » demanda Katia.

Les allées et venues l'avaient réveillée, et elle venait de rejoindre ses trois compagnons. Elle avait des cheveux châtains, de grands yeux brun clair, le nez petit et un peu retroussé. Dogann répondit en retirant ses gants.

« Oui. C'était pas grave... Tout le monde à sa place, pour le démarrage... »

Chacun des patrouilleurs avait son fauteuil dans le poste de pilotage — un fauteuil solide où l'on est à demi couché, et que l'on appelle « anti-g » parce qu'il aide à supporter les grandes accélérations. Dogann s'assit à la place du pilote, et Hina se plaça à côté de lui. Xoni et Katia étaient à l'arrière.

« Tu ne signales pas la panne à l'*Antarès* ? » demanda Xoni.

L'*Antarès* était un des grands astronefs de la Police de l'Espace. C'était à la fois le vaisseau amiral et la base des trente-six Eperviers qui, à tout instant, parcouraient le ciel pour des missions de surveillance ou de sauvetage.

« Penses-tu ! répliqua Dogann. Nous n'allons pas les ennuyer avec des broutilles, tout de même... Nous n'avons pas été bloqués longtemps... »

Il vérifiait déjà, sur le tableau de bord, que tout était en ordre.

« Attention ! dit-il. Nous allons démarrer. Vérifiez que vous êtes bien calés dans vos fauteuils... Je vais accélérer pendant deux minutes à 2 g. Vous êtes prêts ?

— Oui, répondirent ensemble Hina et Xoni.

— Oui, dit Katia une demi-seconde plus tard.

— Bon. J'y vais. »

Presque aussitôt, on entendit le bourdonnement des moteurs à antimatière, et les quatre patrouilleurs se sentirent collés à leur siège. A présent, chacun pesait deux fois son poids. Tous en avaient l'habitude, car ce n'était pas leur première mission, mais cela ne rendait pas la chose plus agréable... C'était ce que Xoni appelait « avoir un éléphant invisible sur les genoux ». Malgré l'inconfort du moment, Dogann observait toujours le tableau de bord.

« Tout se passe bien », murmura-t-il.

Au bout de ces deux minutes, on entendit un déclic. Les moteurs s'arrêtèrent et quelqu'un dit à mi-voix : « Ouf ! » pendant que Dogann regardait le ciel qui était magnifique à voir, avec une infinité de points très brillants sur un fond d'un noir d'encre. Juste en face de l'Epervier 7, on remarquait une grosse étoile d'un beau jaune clair. C'était le but de cette mission-là, Baten Kaïtos.

« La direction est bonne, ajouta Dogann. Dans deux heures, nous passerons au pilotage automatique. »

Xoni examinait le déflecteur qu'on avait retiré du moteur I et qui, à présent, était tout à fait froid. Sur toute une face, il était noir et brûlé, comme s'il avait été rongé par un acide, ou par un gaz trop chaud.

« Curieux ! dit-il. Il ne devrait pas être abîmé comme ça, ce truc. Nous n'avons pas volé longtemps, tout de même... Et on a vérifié les moteurs, avant que nous ne quittions l'*Antarès*. Si ce bidule était endommagé, les mécanos devaient le remarquer... pas vrai ? »

Il passa le déflecteur à Dogann, qui l'observa à son tour en le grattant un peu avec un ongle.

« Bien sûr ! approuva Dogann. Les mécanos l'auraient vu, c'est certain. On vérifie toujours les déflecteurs. C'est trop important pour qu'on les néglige.

— D'accord, dit Xoni. Donc, le déflecteur était en bon état quand nous sommes partis... Et maintenant, il est amoché. C'est dû à quoi ?

— Difficile à dire. Sans doute un défaut dans le métal. C'est rare, mais ça peut arriver...

— Et si ce n'était pas ça?

— Que veux-tu que ce soit?

— Je ne sais pas, moi. Autre chose... Quelque chose que nous ne voyons pas, et qui esquinterait le nouveau déflecteur aussi vite que le premier...»

Dogann semblait soucieux, comme si les remarques de Xoni lui donnaient à réfléchir. Il regarda encore le déflecteur, toujours en le grattant avec un ongle, puis il conclut :

«Si c'était ça, ce serait grave. Il n'y a qu'une chose à faire. Il faut regarder partout, pour voir s'il n'y a rien d'anormal... On va demander à Tung...»

Tung était le nom familier qu'on donnait à l'ordinateur, à bord de chacun des Eperviers, et nul ne savait pourquoi on l'appelait ainsi. Dogann pianota une question sur le clavier, et la réponse s'inscrivit sur l'écran fluorescent, ligne par ligne. C'était un inventaire complet de tout ce qui se passait sur l'Epervier 7, à cet instant précis. Puis Dogann s'exclama, tout à coup :

«Oh! là! là! Ça, c'est la poisse... La pire des poisses!...»

Pour Hina, qui était assise à côté de lui et qui pouvait lire sur son visage, il fut tout de suite évident que l'alerte était très sérieuse. Jamais elle n'avait vu Dogann aussi inquiet.

«Qu'est-ce qui se passe? demanda Xoni.

— Le réservoir d'antimatière est presque

vide. Il y a une fuite quelque part, et ça expliquerait que le déflecteur ait été rongé de cette façon-là...

— Et alors? fit Katia. C'est grave?

— Oui. Nous risquons la panne sèche.»

La panne sèche... Ils en avaient entendu parler, bien sûr. Tous savaient que c'est une des pires choses qui puissent arriver dans l'espace. Mais aucun des quatre patrouilleurs n'avait encore vécu une telle aventure.

«On pourrait trouver la fuite et la colmater, proposa Xoni.

— Pas question! répliqua Dogann. C'est une réparation qu'on ne peut pas faire en vol. Il faut un atelier spécial, et un équipement spécial... L'antimatière est plus dangereuse que du feu liquide. Une seule petite goutte peut te brûler complètement la main...

— Et si on alertait l'*Antarès* ?» suggéra Katia.

Dogann secoua la tête.

«Ça n'ira pas, dit-il. Nous sommes à seize heures de vol de l'*Antarès*, et nous continuons à nous éloigner. Les secours arriveraient trop tard. Non. Il faudra nous débrouiller tout seuls.»

Une auto en panne sèche s'arrête d'elle-même, et il suffit de la ranger sur le bas-côté de la route. Pour un astronef, c'est tout différent. Il vole dans l'espace, à très grande vitesse, et si l'antimatière lui manque, il n'a aucun moyen de s'arrêter...

On peut le comparer à un camion fou, lancé sur une descente sans fin — incapable de freiner, de prendre un virage, ou d'éviter un obstacle.

«Se débrouiller, ça veut dire quoi? demanda Katia. On a dû te l'apprendre, quand tu as volé en simulateur...

— Bien sûr, qu'on me l'a appris! répondit Dogann. Il est évident que nous devons renoncer à notre mission. Plus nous attendons, et plus nous perdons d'antimatière... Baten Kaïtos est trop loin. Si nous essayons de l'atteindre à tout prix, nous n'aurons plus les moyens de freiner, et nous nous écraserons au sol. C'est clair?

— Oui. Alors, qu'est-ce qu'on va faire?

— Il faut repérer la planète la plus proche. Une planète habitable, bien sûr... Et nous utiliserons l'antimatière qui nous reste pour atterrir. Avec un peu de chance, ça ira.»

A nouveau, Dogann se pencha sur l'ordinateur pour formuler la question, et il y eut une attente assez longue. Tung devait fouiller dans ses mémoires et faire des calculs compliqués — cela prenait du temps. Les patrouilleurs attendaient, en essayant de ne pas trop montrer leur impatience. Enfin, après six minutes interminables, la réponse s'inscrivit sur l'écran :

«AUCUNE PLANÈTE HABITABLE A PROXIMITÉ.»

Tous se regardèrent. Il y eut quelques instants de silence, puis Katia murmura :

«Eh bien! C'est fichu...»

2

« Pas forcément, répondit Dogann.

— Quoi ? protesta Katia. Tu veux nous faire débarquer dans une atmosphère d'ammoniac ou d'oxyde de carbone ? Ça ne va pas dans ta tête, non ? »

Dogann haussa les épaules, gentiment. On sentait qu'il avait bien réfléchi, et qu'il ne perdait pas son sang-froid.

« Pas d'affolement ! dit-il. Si nous ne trouvons pas de planète habitable, ce n'est pas un drame... nous pouvons nous contenter d'une planète quelconque, même si c'est la pire des jungles. Même si elle n'a pas d'atmosphère.

— Oui, mais...

— Laisse-moi parler. Ce qui est important pour nous, c'est de ne plus nous éloigner à toute vitesse... Mais nous n'avons pas besoin de nous poser quelque part. Nous nous mettrons en orbite autour d'une planète quelconque, nous lancerons notre S.O.S. et nous attendrons les secours. Pas difficile.

— Ouf !... fit Katia. J'aime mieux ça. »

Pendant ce temps, Xoni ne restait pas inactif. Il avait relevé la position de l'Epervier 7, et il étudiait avec soin la carte du ciel.

« L'étoile la plus proche, dit-il, s'est UV Céti. Elle n'est vraiment pas loin, et nous allons de ce côté-là.

— Mmm..., fit Dogann. J'ai déjà entendu parler de cette étoile-là. Elle a quelque chose de spécial.

— Oui. C'est une Naine Rouge, à peu près cent fois moins lumineuse que le Soleil.

— Est-ce qu'elle a un système planétaire ?

— Sais pas. Faut pas trop me demander. »

Dogann revint à l'ordinateur et formula une nouvelle question, plus complète et plus détaillée, Très vite, la réponse s'afficha sur l'écran :

« UV CÉTI POSSÈDE SYSTÈME PLANÉTAIRE — UNE SEULE PLANÈTE — ATTERRISSAGE POSSIBLE — ATMOSPHÈRE TOXIQUE. »

Katia émit un petit sifflement étonné.

« Bizarre ! observa-t-elle. Si l'atmosphère est toxique, nous ne pouvons pas atterrir. Il perd les pédales, Tung...

— C'est normal, expliqua Dogann. Quand Tung nous annonce : "ATTERRISSAGE POSSIBLE", ça veut dire qu'il reste assez d'antimatière pour nous poser sans danger... Mais, rassure-toi. Nous n'atterrirons pas. Nous allons nous mettre en orbite, rien de plus.

— Compris. Elle a un nom, cette planète ? »

Maintenant qu'on avait une solution en vue, chacun se sentait plus ou moins soulagé.

« Non, bien sûr ! répondit Dogann. S'il fallait donner un nom à toutes les planètes inhabitées, on n'en sortirait pas. »

Une fois de plus, il se pencha sur l'ordinateur et pianota quelque chose sur le clavier. Mais cette fois, ce fut assez long car Dogann vérifiait avec soin toutes les données qu'il introduisait et qui s'inscrivaient, au fur et à mesure, sur l'écran de contrôle. Quand il eut terminé, il se rassit dans son fauteuil, et durant une longue minute personne ne parla. On n'entendait rien d'autre que le ronronnement léger du conditionnement d'air.

« Curieux ! observa Xoni. Le pilote automatique n'a pas l'air d'agir. Qu'est-ce qui se passe ?

— C'est normal, expliqua Dogann. Pour le moment, nous volons à peu près dans la bonne direction. Le pilote automatique agira quand il faudra ralentir. Ça ne servirait à rien, de freiner trop tôt.

— Et quand faudra-t-il freiner ?

— Dans une heure, à peu près.

— Bon, admit Xoni. Moi, je veux bien... Mais nous perdons de l'antimatière, pendant ce temps-là. Puisqu'il y a une fuite.

Dogann eut un geste d'impuissance.

« Nous n'y pouvons rien, dit-il, Le pilote automatique travaille sûrement bien... Je ne piloterais pas mieux que lui. Il faut attendre, c'est la seule chose à faire. »

Xoni continuait à observer le ciel. On commençait à voir, vers la droite, une étoile d'un beau rouge-orange qui grossissait lentement et qui devait être UV Céti. Alors, Katia demanda :

« On ne prévient pas l'*Antarès* ?

— Pas maintenant, répondit Dogann. Il faut d'abord savoir si nous allons réussir notre approche.

— Compris ! Si on se casse la pipe sur la planète inconnue, c'est pas la peine de prévenir l'*Antarès* trop tôt... »

Et pendant un gros quart d'heure, nul ne souffla mot. Tous avaient entendu raconter des catastrophes. Tous étaient plus ou moins nerveux, car on n'oublie pas facilement ces histoires-là, mais personne n'avait envie d'en parler. A la fin, Katia se décida quand même à poser une question.

« Suppose qu'on n'ait plus d'antimatière. Plus du tout... Est-ce qu'on pourra naviguer en dégravitation ?

— Non, répliqua Dogann. Pour que l'antigravité puisse agir, il faut qu'on soit près d'une planète ou d'une étoile. Ou bien tout près de l'*Antarès*... Ici, dans l'espace, ça ne peut pas nous servir à grand-chose. »

Peu après, l'ordinateur fit entendre un « bip ».

« Ouf ! murmura Xoni. Je me demandais s'il n'était pas endormi, celui-là... C'est pas trop tôt... »

Tous savaient que les moteurs allaient se mettre en marche, trente secondes plus tard. Il y eut un second bip, et ce fut le démarrage. A nouveau, un éléphant invisible vint s'asseoir sur les patrouilleurs, mais c'était un énorme éléphant, cette fois. Cela dura peut-être une demi-minute, puis il y eut un déclic. Les moteurs stoppèrent et Katia s'agita dans son fauteuil.

« C'était plus dur que d'habitude, soupira-t-elle.

— Oui, approuva Dogann. Ça faisait plus de 5 g. Le pilote automatique a dû y aller à pleins tubes. Et nous avons changé de direction. C'est bon signe. »

Dans le ciel, les constellations n'étaient plus à la même place. A présent l'étoile UV Céti se trouvait à gauche, et la vitesse de l'Epervier 7 devait avoir sérieusement diminué.

« Est-ce qu'on est encore loin ? demanda Katia.

— Oui, répondit Dogann. Les deux radars ne montrent absolument rien. Il faut attendre... »

Chacun avait sa manière de supporter l'attente. Katia posait des questions de temps en temps, Hina se taisait, et il était difficile de savoir ce qu'elle pensait à ce moment-là. Quant à Dogann, il observait sans cesse le ciel ou le tableau de bord. On devinait que ses doigts le démangeaient, et qu'il aurait préféré diriger lui-même l'Epervier 7. Xoni s'en rendit compte.

« Si tu veux piloter, n'hésite pas ! dit-il franchement. On te fait confiance, tu sais... On n'aura pas peur, si tu prends les commandes. »

Dogann secoua la tête.

« Non, dit-il nettement. J'aimerais mieux piloter que d'attendre ainsi, c'est vrai. Mais les ordres sont formels. Dans une approche difficile, il faut toujours laisser agir le pilote automatique. Ses réactions sont plus sûres que les nôtres.

— Mmm? fit Xoni d'un air de doute. Moi, j'aimerais mieux que ce soit toi.

— Non. Pas question.»

L'ordinateur fit encore entendre deux bips d'avertissement, et les moteurs démarrèrent à nouveau. Cette fois, la poussée ne dura guère plus de cinq ou six secondes, et elle s'arrêta d'une manière bizarre, avec une espèce de soubresaut.

«Pas normal! observa Xoni. On n'a pas entendu le déclic avant l'arrêt... Et il y a eu cette espèce de hoquet, qu'on n'a pas d'habitude. Ça veut dire que les réservoirs sont vides... Pas vrai?

— C'est vrai, reconnut Dogann. On n'a plus d'antimatière. Plus une goutte. C'est fini...

— Alors? Tu vas faire quoi?»

Dogann bascula deux leviers qui se trouvaient en face de lui, sur le tableau de bord.

«Je mets l'antigravité au maximum, expliqua-t-il. C'est tout ce qu'on peut faire pour l'instant. Maintenant, le pilote automatique a fini son boulot... J'espère qu'il nous a ralentis suffisamment.

— Et si nous allons trop vite, qu'est-ce qui se passera? demanda Katia.

— Alors, nous ne pourrons pas nous mettre en orbite. L'Epervier 7 va frôler la planète, et continuer son vol dans l'espace. Et notre trajectoire sera déviée, bien sûr.

— C'est grave, ça?

— Non, mais c'est embêtant. Nous allons continuer à nous éloigner, et il faudra plus longtemps pour qu'on nous retrouve. Des jours et des jours... »

Hina intervint à son tour.

« Tu devrais quand même alerter l'*Antarès*, suggéra-t-elle. Plus tôt les secours partiront, mieux ça vaudra pour nous.

— Oui. Je sais, répliqua Dogann. Je vais le faire, tu peux me croire. Mais pas tout de suite.

— Pourquoi?

— Parce que j'ai besoin de toute mon attention pour piloter. Je ne peux pas m'amuser à discuter avec l'*Antarès* maintenant. Ce n'est vraiment pas le moment. Un peu de patience. »

On commençait à distinguer la planète, sur l'écran de télévision qui permettait d'observer le ciel au-dessous de l'Epervier 7. C'était une petite sphère, éclairée d'un côté par la lumière rouge-orange de l'étoile UV Céti.

« Nous sommes à quelle distance? demanda encore Katia.

— Difficile à dire, répliqua Dogann, Nous ne savons pas si la planète est grande ou petite... Et elle n'est pas encore dans le champ d'action des radars. »

On sentait une certaine nervosité dans ses réponses, comme s'il en savait plus qu'il ne voulait bien le dire. Sans rien ajouter, il appuya sur les deux leviers pour mieux orienter l'Epervier 7, et l'image de la planète inconnue vint se placer juste au centre de l'écran.

« Pourquoi fais-tu ça ? » demanda Katia.

Dogann resta muet, comme s'il n'avait pas entendu la question, ou qu'il ne voulût pas y répondre. Il continuait à fignoler son réglage, tout en observant chaque instrument du tableau de bord. Katia insista :

« Dis donc ! Pourquoi fais-tu ça ? »

Dogann se décida enfin à parler.

« Eh bien, je t'ai dit ce qui arriverait, si la vitesse était trop grande... On passerait à côté de la planète, et on filerait dans l'espace. Tu te rappelles ?

— Bien sûr. Et alors ?

— Suppose que nous ayons vraiment de la malchance, et que notre trajectoire aboutisse droit sur la planète. Comme une balle qui va frapper la cible juste au centre... Tu vois ce qui se passera, si nous allons trop vite ?

— Oui. Je vois très bien. »

Xoni intervint.

« Et l'antigravité ? Ça ne peut pas nous freiner ?

— Si, bien sûr ! répliqua Dogann. Mais ça ne suffira pas, si la vitesse est trop grande. Et alors... »

Il n'était pas nécessaire d'en dire davantage. Tous avaient pu voir les débris d'un Epervier qui s'était écrasé au sol[1], et tous

---

1. Voir *La Vallée des cyclopes,* dans la même collection.

savaient qu'ils auraient peu de chances de sortir vivants d'une telle chute. Dogann modifia encore son réglage, avec beaucoup de soin, puis il murmura, comme s'il se parlait à lui-même :

« Elle a quelque chose d'anormal, cette étoile UV Céti. J'ai lu ça quelque part. Mais du diable si je me rappelle quoi. D'ailleurs, nous n'avons plus le choix. »

Il semblait à la fois fatigué et nerveux, et il avait sa voix des mauvais jours. Sur les deux radars, une tache brillante venait d'apparaître, qui s'approchait peu à peu du centre de l'écran.

« Ça va quand même vite, observa Katia.

— Je sais, dit Dogann. Nous serons bientôt dans l'atmosphère, et j'espère que ça nous freinera un peu... Hina, l'altimètre est en face de toi. Quand nous arriverons au-dessous de dix mille mètres, tu nous donneras régulièrement l'altitude... C'est ton boulot, pas vrai ?

— D'accord. »

A présent la planète inconnue avait grossi, et elle occupait à peu près tout l'écran de télévision — une grande tache aux contours flous, d'un beau rouge-orange.

« Il y a une couche de nuages, observa machinalement Dogann. Pas moyen de savoir ce que nous trouverons là-dessous... Pas trop de cailloux, j'espère. »

Un atterrissage sur les rochers pouvait être une vraie catastrophe. C'était le cauchemar de tous les pilotes d'Epervier — surtout quand il fallait se poser d'urgence. Déjà, Hina commençait à lire les indications de l'altimètre.

« Neuf mille cinq cents... Neuf mille... Huit mille cinq cents... »

En même temps, Dogann observait sa montre.

« Nous avons perdu mille mètres en quarante secondes, annonça-t-il. Vingt-cinq mètres par seconde... Si ça ne ralentit pas, le choc sera rude. »

Quand on relevait les yeux pour regarder le ciel, on voyait qu'il était d'un beau violet sombre, et les étoiles commençaient à s'effacer.

« Tu ne peux pas augmenter l'antigravité ? demanda Katia.

— Non. Nous sommes au maximum. »

Dogann se forçait à respirer lentement pour conserver tout son sang-froid, et Hina continuait à citer des chiffres, de sa voix toujours tranquille.

« Six mille cinq cents... Six mille... Cinq mille cinq cents... »

De son côté, Xoni contrôlait aussi la vitesse de descente.

« Ça ne s'accélère pas, murmura-t-il.

— Je sais, dit Dogann. C'est toujours ça. »

On sentait des remous de temps en temps, et l'Epervier 7 glissait alors sur le côté. C'était un « trou d'air », mais tous les patrouilleurs savaient qu'il s'agissait d'une chose tout à fait normale. Dogann rectifiait alors son réglage et l'appareil se redressait.

« Trois mille... Deux mille cinq cents...

— On arrive aux nuages», annonça Dogann.

Presque aussitôt, le poste de pilotage fut baigné d'une belle lumière orange qui semblait venir de partout. Katia s'agita dans son fauteuil, sans rien dire.

«Deux mille mètres.»

Le pilote disposait d'un horizon artificiel — sur un minuscule écran, une petite ligne verte indiquait à tout instant si l'appareil piquait de l'aile ou du nez. Il y eut encore un remous assez fort, et l'Epervier 7 s'inclina nettement vers la gauche. La petite ligne verte oscilla follement sur l'écran, puis Dogann réagit, et elle revint peu à peu à l'horizontale.

«Mille cinq cents.

— Attention! avertit Dogann. Quand nous cognerons, ça va faire du vilain. Notre seule chance d'en réchapper, ce sera les fauteuils anti-g. Que chacun soit bien calé sur son siège, avec la tête et les bras bien posés sur les appuis. C'est compris?

— Oui, répondit Katia.

— Au moment du choc, chacun ne doit plus penser qu'à soi... Et on en sortira peut-être, si l'appareil reste étanche. Sinon ça ira mal.»

Il y eut un bref silence, puis Hina annonça :

«Mille mètres.»

Dogann appuya sur un bouton et trois moteurs se mirent à tourner, quelque part dans le ventre de l'Epervier 7. Et les béquilles d'atterrissage se déplièrent. On entendait à présent le frottement de l'air sur la coque, et l'un des trois moteurs vibrait un peu.

« Cinq cents mètres.

— Attention au choc! » dit Dogann.

Et Xoni pensa :

« Encore vingt secondes. »

Alors, très vite, Dogann déclencha un disjoncteur qui se trouvait à portée de sa main, car tout devait être déconnecté au moment du choc. Puis il se cala dans son fauteuil comme ses compagnons. Et à cet instant, Hina annonça à mi-voix :

« Nous sommes sortis des nuages. »

Sans remuer la tête, Xoni jeta un coup d'œil vers l'écran de télévision. Et ce qu'il aperçut était vague et confus : des taches bizarres qui ne signifiaient rien, quand on les voyait sous cet angle. Peut-être des arbres ou des rochers, qui pouvait le savoir ? Et d'ailleurs, quel que fût le danger, il était trop tard pour agir.

Aussitôt après, ce fut le choc. Xoni eut l'impression de recevoir toute une maison sur le corps, avec un bruit terrifiant. Et tout devint noir autour de lui...

3

Pendant une longue minute, Xoni resta tout à fait inconscient. Son cœur battait très lentement, comme il aurait battu dans un monde où le temps n'existait pas. Puis son cerveau s'éveilla peu à peu. Ce fut comme une longue remontée d'un trou noir et profond. Et pendant une autre minute, Xoni ne sut même pas s'il était mort ou vivant... Puis il ouvrit les yeux.

« Où je suis, bon sang ? » murmura-t-il.

Tout était orange autour de lui, et d'abord, il ne vit rien d'autre que cette bizarre lumière orange — très belle. Ensuite ses yeux s'y habituèrent et il reconnut quelques objets familiers. La coupole de plexiglas, le tableau de bord, et les fauteuils anti-g. Alors, tout lui revint en mémoire. La longue chute à travers les nuages, la voix d'Hina qui annonçait tranquillement des chiffres, et le choc final. Il comprit qu'il vivait toujours et qu'il n'était pas blessé. Et aussitôt, il pensa :

« Et les autres ? »

Il se redressa à demi dans son fauteuil, et se

tourna vers Katia qui était juste à côté de lui. Elle était fort pâle. Elle avait les yeux fermés comme si elle dormait, et elle ne bougeait pas. Très inquiet, Xoni lui prit le poignet, le pouls était très faible. Alors, il appela doucement :

« Katia... Katia, réveille-toi... »

Toujours rien. Xoni sentit croître son inquiétude, mais il essaya de se rassurer.

« Elle est encore dans le cirage, se dit-il. Ça va passer, sûrement... Et les deux autres ? »

Il se redressa davantage, pour mieux observer Dogann et Hina qui semblaient inconscients, eux aussi — mais il les voyait mal. Alors il se leva tout à fait pour aller les regarder de près, et c'est alors qu'il s'aperçut que l'Epervier 7 n'était pas horizontal. Le plancher du poste de pilotage penchait nettement vers la gauche. Oui, le choc avait dû être rude, mais en tout cas la coupole avait résisté.

« Zut ! pensa Xoni. On s'occupera de ça plus tard. »

Il contourna le fauteuil anti-g, se pencha sur Hina et lui prit le poignet, exactement comme il l'avait fait pour Katia. Rien... Alors, le garçon essaya de ne pas perdre son sang-froid. Il devait, à tout prix, ranimer ses trois compagnons. Mais comment ? Puis il comprit qu'Hina saurait, bien mieux que lui, soigner les deux autres.

C'était donc elle qu'il fallait réveiller la première, coûte que coûte. Alors, il la secoua par l'épaule, sans douceur.

« Hina !... Hé ! Réveille-toi, bon sang !... »

Hina remua la tête, puis elle ouvrit les yeux, mais son regard se perdait dans le vague, et Xoni comprit qu'elle ne le voyait pas.

Il cessa de la secouer et lui parla, très doucement.

« C'est moi, Xoni. Essaie de t'éveiller, Hina... Nous sommes vivants, mais il faut ranimer Dogann et Katia. »

A ce moment, Hina parut enfin voir ce qui l'entourait, et elle reconnut Xoni. Elle se redressa dans son fauteuil, et demanda :

« Tu veux dire que Dogann a réussi à atterrir ?

— On peut présenter les choses comme ça, répondit Xoni. La vérité, c'est plutôt que l'Epervier 7 s'est flanqué par terre. Mais il n'y a pas trop de dégâts. La coupole a bien résisté. Ça veut dire que nous respirons *notre* air. Si l'atmosphère est toxique, nous ne sommes pas en danger pour l'instant.

— Bon. Toi, tu n'es pas blessé, ça se voit. Et les deux autres ?

— Je ne crois pas. Mais ils sont drôlement dans les pommes. Je t'ai réveillée la première. Maintenant, il faudrait les ranimer, eux... »

Hina semblait tout à fait lucide, à présent. Elle se leva et — exactement comme son compagnon — elle parut étonnée de l'inclinaison du plancher.

« Oui, expliqua Xoni. Nous sommes de travers, mais je ne sais pas pourquoi. On a dû tomber sur quelque chose. Un arbre, ou bien des buissons. Ou des rochers. On n'a pas choisi l'endroit de la chute.

— Je sais. »

Hina parlait peu, comme à son habitude. Elle souleva tout de suite une paupière de Dogann. Puis elle fit de même avec Katia, et elle demanda :

« Toi, tu es resté longtemps dans les pommes ? »

Xoni eut un geste vague, des deux mains.

« Aucune idée ! répondit-il. Je n'ai pas regardé l'heure avant la chute. Je contrôlais la vitesse, bien sûr, mais je ne faisais attention qu'aux secondes. Est-ce que c'est important ?

— Il vaudrait mieux le savoir, bien sûr, mais on s'en passera. Si l'évanouissement est trop long, ça peut être assez grave. »

Tout en parlant, Hina ne perdait pas son temps. Elle choisit un petit flacon dans une trousse, le déboucha et le plaça sous le nez de Katia.

C'est quoi, ce bidule ? s'enquit Xoni.

— Du Tonic 2. Si ça ne suffit pas, nous emploierons les grands moyens. »

Au bout de cinq ou six secondes, Katia remua la tête et fit un geste maladroit, d'une main, pour écarter le flacon. Puis elle respira machinalement et aussitôt après, elle ouvrit les yeux.

« Ça ira ! conclut Hina. Je vais ranimer Dogann. Toi, tu t'occupes d'elle... »

Déjà, Katia se redressait dans son fauteuil, les yeux pleins de larmes.

« Qu'est-ce qui m'arrive ? dit-elle. On m'a fait une blague, ou quoi ? Ça fait *mal*... »

Et elle porta les mains à son visage, comme si la douleur était difficile à supporter.

« C'est pas une blague, expliqua Xoni. Il fallait... Tu étais dans le cirage, et il fallait qu'on t'en sorte. Hina t'a fait respirer du Tonic 2.

— Eh bien ! C'est une drôle de saleté, ton Tonic 2. Tu peux me croire. Ce n'est pas rigolo. Pas du tout.

— Ça va passer, dit gentiment Xoni. On ne pouvait pas te laisser dans les pommes pendant des heures. Ça ne se fait pas. »

A l'avant, Dogann avait repris connaissance aussi, et il commençait à discuter la situation.

« Je vois, dit-il. Nous avons beaucoup de chance, d'être encore entiers. Bien que... Bien que... Je ne sais vraiment pas où nous pouvons être. »

Quand on regardait au-dehors, on n'apercevait pas grand-chose. Quelques buissons et quelques arbustes, de la mousse et des flaques d'eau, dans un bizarre brouillard orange, trouble et mouvant. On n'y voyait guère au-delà d'une vingtaine de mètres.

« Ça ressemble à une espèce de marais, poursuivit Dogann. C'est sans doute ce qui nous a sauvés, et aussi les amortisseurs. Après tout, ils sont là pour adoucir les chocs. N'empêche. Si nous étions tombés sur des rochers, l'Epervier 7 serait en miettes. Et nous aussi... Mais l'atmosphère, ça doit être quelque chose de pas ordinaire. »

Il revint vers l'ordinateur, le remit en circuit et lui posa une question. Une longue minute se passa, sans que rien apparût sur l'écran.

« Ça traîne ! observa Xoni.

— Normal, répliqua Dogann. Il faut prélever de l'air au-dehors, et l'analyser. Ça ne se fait pas en trois secondes. »

Un peu plus tard, la réponse s'inscrivit.

« ATMOSPHÈRE TOXIQUE — SURVIE PROBABLE : 24 HEURES. »

En même temps, un clignotant rouge s'était allumé à la base de l'écran. Dogann haussa les épaules.

« C'est bien ce qu'on pensait, dit-il. De toute façon, ce n'est pas trop grave. Nous allons demander du secours, et on va venir nous chercher. Sans doute un autre Epervier. Il y aura un moment difficile, bien sûr, quand il faudra passer d'un appareil à l'autre. Mais nous avons deux vidoscaphes... Pas de problème. Tout ira bien. »

Il se tourna vers l'émetteur de radio et l'enclencha. Une minuscule lampe verte s'alluma sur le tableau de bord, et Dogann parla :

« Allô ! Epervier 7 appelle *Antarès*... Epervier 7 appelle *Antarès*... Il s'agit d'un signal de détresse. Appel urgent. Répondez, *Antarès*... »

Puis il fit basculer un interrupteur, pour mettre l'appareil en position d'écoute... et rien ne se produisit.

« Qu'est-ce qui se passe ? demanda Katia.

— Un peu de patience! conseilla Dogann. N'oublie pas que nous sommes partis depuis dix-sept heures environ. Ça fait quand même une trotte. Il faut que notre appel arrive jusqu'à l'*Antarès* et que la réponse nous revienne. Ça prend du temps.

— Combien de temps?

— A peu près une minute.»

La minute s'écoula, très lentement, et aucune réponse ne parvint. Dogann renouvela son appel, sans s'impatienter. Une autre minute s'écoula, aussi interminable que la première, et tous comprirent qu'il se passait quelque chose d'anormal. Katia risqua une explication.

«Il n'y a peut-être personne à l'écoute pour l'instant. On ne sait jamais. Si le radio de l'*Antarès* est sorti cinq minutes. Ça se peut, quand même...

— Non, répliqua Xoni. Il y a *toujours* quelqu'un à l'écoute, vingt-quatre heures sur vingt-quatre. Si le radio de service est obligé de s'absenter, il *doit* se faire remplacer avant de quitter son poste. Il n'y a jamais d'exceptions. Le service d'écoute, c'est trop important pour qu'on l'interrompe.»

Dogann approuva, d'un signe de tête.

«Xoni a raison, dit-il. Si l'*Antarès* ne répond pas, c'est qu'il se passe quelque chose ici. Notre message n'est pas arrivé.

— Tu veux dire que l'émetteur a été endommagé lors de l'atterrissage?

— Je ne crois pas, répondit Dogann. Il peut supporter des chocs beaucoup plus violents que ça... Non. L'émetteur a sûrement résisté, mais l'antenne est plus fragile.

— L'antenne extérieure ?

— Oui. Je crois qu'elle a été abîmée par le choc. Il faudra sortir pour la vérifier. Et aussi pour la réparer, bien sûr... »

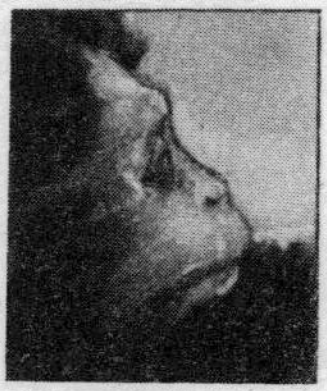

4

Xoni n'hésita pas un instant.

«Je suis volontaire, dit-il aussitôt.

— Désolé! répondit Dogann. Je voudrais bien te faire plaisir. Mais la radio, c'est mon boulot, tu le sais. Il vaut mieux que ce soit moi.

— Compris, grand chef.»

Et Xoni n'insista pas. Mais il demanda, pendant que Dogann rassemblait ses outils :

«Minute! Tu vas passer par le trou d'homme?»

On sortait d'une vedette spatiale à peu près comme on sortait d'un char d'assaut, en se glissant en souplesse dans un trou d'homme, à l'arrière du poste de pilotage.

«Oui, répondit Dogann. Par où passerais-je, sinon par là?

— Es-tu sûr qu'il n'est pas coincé? Le choc a dû déformer les tôles. Il vaudrait mieux que tu vérifies, avant d'enfiler un vidoscaphe.

— D'accord. Tu as raison.»

Dogann se glissa vers l'arrière, pour examiner les papillons qui fermaient le trou d'homme. Il essaya d'en dévisser un, puis deux ou trois autres. D'abord sans trop insister, et ensuite en y mettant toutes ses forces. Xoni le regardait faire, accroupi à deux pas.

« Ça ne va pas ? demanda-t-il.

— Non, répliqua Dogann. Tout est bloqué. Le choc a déformé les tôles. C'est bien ce que tu croyais. »

Il revint vers ses compagnons, et à présent, il semblait vraiment inquiet. Il hésita un peu, puis il s'appuya à la coupole de plexiglas et regarda au-dehors.

« Qu'est-ce que tu veux voir ? s'enquit Katia.

— J'essaie de savoir ce qui se passe à l'extérieur, expliqua Dogann. Et surtout, j'essaie de comprendre. Cette couleur orange, ça ne doit pas être la couleur de l'air. C'est sûrement la lumière d'UV Céti qui donne cet aspect-là au brouillard. L'air est sans doute incolore.

— Oui. Et puis ?

— Il y a de la mousse et des buissons tout autour de nous. Et quand on regarde bien, on voit aussi des animaux. Je viens d'apercevoir un oiseau, juste à la limite du brouillard.

— Et après ?

— Si on trouve à la fois des animaux et des végétaux, c'est qu'il y a de l'oxygène dans l'air... Est-ce que mon raisonnement est bon ? »

En achevant sa phrase, Dogann s'était tourné vers Hina, pour indiquer que c'était à elle qu'il posait cette question, et elle approuva d'un signe de tête.

« Oui, répondit-elle. J'aurais dit la même chose que toi. Mais où veux-tu en venir ?

— A ceci : il *faut* réparer l'antenne, et le trou d'homme est bloqué. La seule façon d'en sortir, c'est de briser la coupole.

— Attention ! Il y a sans doute de l'oxygène, mais il y a aussi un gaz toxique. Tu l'oublies.

— Non, Hina. Je ne l'ai pas oublié. Toi et Katia, vous allez enfiler les deux vidoscaphes. Ça vous protégera. Pendant ce temps-là, nous ferons la réparation, Xoni et moi.

Katia ne réagit pas tout de suite. Visiblement, elle s'attendait à tout, sauf à cela. Mais quand elle parla, cinq ou six secondes plus tard, ce fut avec une indignation mal contenue.

« Pas question ! dit-elle. Je ne ferai jamais ça, et je suis sûre qu'Hina ne le fera pas non plus. Est-ce que tu crois vraiment que nous allons nous enfermer dans les vidoscaphes, pendant que tu iras t'asphyxier dehors avec Xoni ? Bon sang !... Est-ce que tu nous prends pour des mauviettes, toutes les deux ? »

De toute évidence, Dogann n'avait pas prévu un refus aussi énergique. Il parut assez surpris, mais il ne céda pas.

« Hé ! répliqua-t-il. Tu as bouffé du lion, Katia ? C'est un ordre, tu sais...

— Eh bien ! Je m'en contrefiche, de ton ordre. On ne m'obligera jamais à me fourrer dans un vidoscaphe, s'il n'y en a pas pour tout le monde... Et Hina fera comme moi. D'accord, Hina?

— D'accord.»

Xoni avait assisté à l'algarade sans intervenir. Il ne semblait pas trop surpris, et la grande colère de Katia l'amusait plutôt. Il tira tranquillement la conclusion pour Dogann.

«Ça, c'est une mutinerie, grand chef! Ou je ne m'y connais pas. Tu n'as plus qu'à faire pendre les rebelles à la grand-vergue. Ou bien les mettre aux fers à fond de cale... Qu'est-ce que tu choisis, comme châtiment?

— Mais je ne rigole pas, moi! protesta Dogann. Il *faut* qu'on sorte pour réparer l'antenne. Sinon, personne ne saura jamais que nous sommes ici. Et c'est parfaitement idiot de se faire asphyxier à quatre, alors qu'on pourrait en sauver deux.»

Xoni redevint sérieux, très vite.

«D'accord! dit-il. Fini de rigoler... Ecoute, Katia. Dogann a drôlement raison, tu sais. Si tu refuses le vidoscaphe, tu te sacrifies vraiment pour rien. Tu ferais mieux d'accepter.

— Pas question!»

Pendant que ses compagnons discutaient ainsi, Hina s'était rapprochée lentement du tableau de bord, profitant de ce que personne ne s'occupait d'elle. Et tout à coup, on entendit un long craquement. Le plexiglas était en train de se briser autour d'elle. On voyait une infinité de petites fissures se croiser et se recroiser sur toute la coupole. A présent, il suffirait d'un simple coup de poing pour que tout s'effondre. Dogann comprit aussitôt ce qui s'était passé.

« Hina ! C'est toi qui... Mais, nom d'un chien ! Pourquoi as-tu fait ça ? Pourquoi ? »

Quelques fragments tombèrent à ce moment, et un trou se forma dans la coupole — un trou large à peu près comme les deux mains.

« Oui, c'est moi, répondit Hina. La discussion avec Katia n'en finissait pas... Je savais qu'on pouvait faire sauter la coupole en cas d'urgence, et je l'ai fait. Maintenant, tout le monde est dans le bain. Ça vaut mieux. »

L'air extérieur entrait par bouffées, et se mélangeait lentement à celui de l'Epervier 7. Et son odeur étonnait un peu. C'était une senteur d'herbes à demi pourries, ou plutôt, c'était l'impression qu'on ressentait pendant les premières minutes, puis on l'oubliait. Dogann accepta aussitôt le coup de force d'Hina. Il était capable de s'adapter très vite à l'imprévu, et d'éviter les reproches inutiles.

« D'accord, on est tous dans le bain », dit-il simplement.

En quelques gestes rapides, il fit tomber les débris de la coupole, puis il grimpa sur la face supérieure de l'Epervier 7, et examina soigneusement l'antenne.

« Rien de cassé ! dit-il. La radio devrait fonctionner.

— Minute ! intervint Xoni. On a aussi un émetteur portatif. Pourquoi ne pas l'essayer ?

— Oui, Bonne idée. »

Xoni alla chercher l'émetteur, qui n'était

guère plus grand que la paume de la main. Il le tendit à Dogann qui lança son appel à nouveau.

« N'oublions pas qu'il y a une minute d'attente... » dit-il à mi-voix.

Elle fut longue, cette minute... Xoni avait rejoint son compagnon sur la face supérieure de la vedette spatiale, et il observait tout avec beaucoup d'attention. Par moments, l'air avait une étrange odeur chlorée qui piquait un peu les yeux et le nez. Le brouillard était toujours là, et on ne voyait rien de plus qu'avant.

« Et alors ? dit Katia. La minute est dépassée depuis longtemps.

— Je sais, répliqua Dogann. Je sais... »

Et il recommença son appel, avec un peu d'impatience dans la voix.

« Allô ! Epervier 7 appelle *Antarès*... Epervier 7 appelle *Antarès*... Nous sommes en perdition sur une planète inhabitable, autour de l'étoile UV Céti... Il s'agit d'un appel urgent. Nous sommes en danger de mort... Répondez, *Antarès*... »

Xoni regarda sa montre, mais il était presque sûr qu'il n'y aurait aucune réponse et, visiblement, ses compagnons le pensaient aussi. Hina et Katia se trouvaient toujours dans le poste de pilotage, et on lisait nettement le découragement sur leurs visages. Finalement, Dogann coupa l'émetteur.

« Rien à faire ! conclut-il. Le message ne passe pas.

— Pourquoi ? demanda Katia.

— Faut réfléchir. Il est impossible que nos émetteurs soient tombés en panne tous les deux. On les vérifie toujours avant le départ. Et il y a sûrement un radio à l'écoute sur l'*Antarès.* Alors, il n'y a qu'une explication. Si nous n'avons pas de réponse, c'est que notre appel a été arrêté...

— Par quoi ?»

D'un geste, Dogann montra le ciel orange au-dessus d'eux.

« Par la couche de nuages, bien sûr.

— Mais les nuages n'arrêtent pas les ondes radio, objecta Xoni.

— D'accord. Les nuages ordinaires, oui. Mais, ceux-ci... Crois-tu que ce sont des nuages comme les autres ? Est-ce qu'on peut être sûr de quelque chose, sur cette fichue planète ? Est-ce que nous savons ce qu'il y a au-dessus de nos têtes ?»

Machinalement, Xoni leva les yeux vers le ciel, comme s'il allait y voir quelque chose de nouveau. Puis il haussa les épaules, et demanda :

« Alors, qu'est-ce qu'on fait ?

— On va grimper au-dessus des nuages, et on lancera un nouvel appel, répondit Dogann. Que veux-tu faire d'autre ?

— Tu as vu une montagne ?

— Oui, je crois. J'ai aperçu quelque chose pendant qu'on descendait. Un gros machin qui sortait des nuages, quelque part au nord. »

Xoni jeta un coup d'œil au monde étrange qui l'entourait. La solution que proposait Dogann était raisonnable — mais en même temps, Xoni flairait le danger autour de lui, et il n'oubliait pas l'avertissement de l'ordinateur « SURVIE PROBABLE : 24 HEURES ».

« D'accord ! dit-il. Qu'est-ce qu'on emporte ?

— Pas difficile ! répliqua Dogann. Des armes, et de la nourriture pour plusieurs jours. Tout ce qu'on pourra porter, sans trop se charger. La montagne n'est peut-être pas facile à escalader. »

En quelques minutes, tout fut entassé dans quatre sacs, que les patrouilleurs chargèrent sur leur dos. Tous savaient exactement ce qu'ils devaient emporter, et les rations de survie étaient prêtes depuis longtemps.

« On est parés, grand chef ! » annonça Xoni.

Mais Dogann ne donnait pas le signal du départ. Il inspectait tout du regard, et semblait soucieux.

« Qu'est-ce qui ne va pas ? demanda Katia.

— J'ai l'impression qu'on oublie quelque chose, répondit Dogann. Est-ce que tout le monde a son fulgurant ?

— Oui.

— Sa torche électrique ?

— Oui.

— On a pris l'émetteur de radio ?

— Oui, bien sûr. »

Il cita encore cinq ou six objets, et quelqu'un répondit chaque fois, sans hésiter :

« Oui. On l'a. »

Et chaque fois, au lieu de se rassurer, Dogann paraissait un peu plus inquiet.

« Je suis sûr qu'on oublie quelque chose, dit-il encore. Et c'est important...

— Qu'est-ce qu'on pourrait oublier? objecta Katia. Tu sais qu'il existe une liste de tout ce qu'il faut emporter, quand on débarque sur une planète inconnue. Et cette liste, on la connaît tous par cœur... Alors?

— Oui. Je sais.»

Dogann regarda encore autour de lui d'un air distrait, comme s'il pensait à autre chose. Puis il assura son sac, d'un coup d'épaule, et mit un terme à la discussion.

«Tant pis! dit-il. On verra ça plus tard...»

Tous grimpèrent alors sur la face supérieure de l'Epervier 7, et sautèrent l'un après l'autre sur la planète inconnue.

«Je suppose qu'on va vers le nord?» demanda Katia.

Mais Dogann ne répondit pas, et il paraissait plus soucieux que jamais. Xoni devina ce qui se passait.

«Ça te fait quelque chose de quitter ton Epervier 7? dit-il à mi-voix.

— Oui. Tu parles que ça me fait quelque chose. Et ce n'est pas tout... Quand on rentrera, je vais me faire descendre en flammes par le pacha.

— Tu crois?

— Bien sûr! Mission pas accomplie, chute au sol, et abandon du matériel... Tu penses bien qu'il va me sonner les cloches, le pacha. Je n'y couperai pas, c'est clair...»

Xoni réfléchissait. Oui, c'était vrai. Dogann était le chef du groupe, et c'était sur lui que le blâme ou les sanctions devaient tomber, si les choses se gâtaient au cours d'une mission. Alors, Xoni essaya de le rassurer.

« Ce n'est pas ta faute, si on s'est écrasés au sol. Tu as vraiment fait tout ce que tu as pu, et personne n'a été blessé. Ce n'est tout de même pas la grosse catastrophe.

— D'accord ! admit Dogann. Mais il faudra quand même que j'explique tout ça au pacha. Et ce ne sera pas drôle, tu peux me croire... »

Il secoua la tête avec vigueur, comme si cela l'aidait à chasser ses soucis, puis il conclut :

« Ça suffit ! On a déjà perdu beaucoup de temps. On y va, maintenant... »

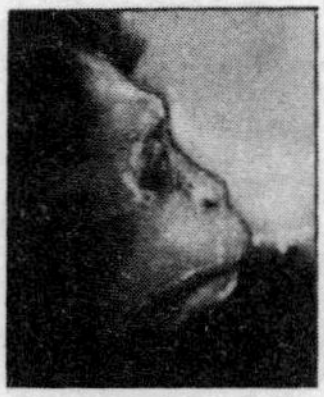

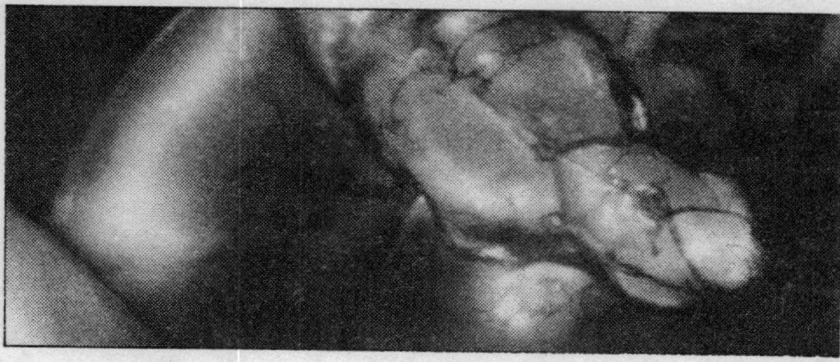

5

L'épervier 7 n'était pas tombé dans un marais, comme Dogann l'avait cru. Non. C'était plutôt une plaine humide, à demi couverte de mousses, d'herbes folles et de buissons. On y marchait assez facilement et il n'était pas trop difficile de conserver la direction choisie. Après quelques centaines de pas, Katia demanda :

« Quand arriverons-nous à la montagne ? »

Nul n'aurait pu répondre à cette question. Tout était inconnu sur cette planète, et le brouillard, toujours aussi dense, empêchait toute espèce de pronostic. Ce qui frappait, dès les premières minutes, c'était la chaleur — une chaleur étouffante et lourde qui ne venait pas du ciel, mais qui semblait monter du sol ou sortir de la brume.

« Bizarre ! observa Xoni. Si je ne me trompe pas, les étoiles rouges sont moins chaudes que les autres ?

— Oui, répondit Dogann.

— Bon. En outre, UV Céti est une étoile très petite, puisqu'on l'appelle une Naine

Rouge. Donc, elle fournit très peu de chaleur puisqu'elle est petite et qu'elle est assez froide. C'est tout de même drôle, qu'il fasse aussi chaud ici...

— Tu as raison. Ce n'est pas normal. »

Les insectes ne manquaient pas. Ceux qu'on voyait le plus, c'étaient les puces de sable — très nombreuses mais pas trop gênantes, car elles ne piquaient pas l'homme. Elles ne semblaient là que pour nourrir les oiseaux, qui étaient petits et rapides.

Xoni était en tête du groupe — c'était souvent lui qui marchait le premier, quand ils parcouraient une terre inconnue. Il s'arrêtait de temps en temps, en écartant l'herbe avec les mains pour observer le sol à son aise.

« Tu cherches quoi ? demanda Katia. Des éléphants rouges ? Ou le grand-serpent-à-cent-pattes ?

— Les deux, répondit sérieusement Xoni. S'il y a des grosses bêtes ici, nous avons intérêt à le savoir avant de les rencontrer. »

Depuis qu'ils avaient quitté l'Epervier 7, la plaine n'avait guère changé d'aspect — dans le cercle de quinze ou vingt pas que le brouillard ne cachait pas. A part les herbes folles, on trouvait aussi des buissons de la taille d'un homme, et chacun d'eux pouvait cacher un gros animal. Et le sol restait désespérément plat.

« On n'est pas tout près de la montagne, observa Katia.

— D'accord, approuva Dogann. Elle est

sans doute plus loin que je ne l'avais cru, et il y a déjà longtemps que nous marchons. On ferait bien de s'arrêter pour manger. »

Ils firent halte dans un endroit bien dégagé, loin de toute espèce de buisson, et entamèrent leur repas. Les rations de survie étaient surtout composées de biscuits vitaminés, que les patrouilleurs mangeaient en buvant l'eau de leurs gourdes. Pendant tout le déjeuner, Dogann parut assez sombre, mais il avait cet air-là depuis l'abandon de l'Epervier 7.

« Il y a quelque chose que je ne comprends pas, dit Katia. L'ordinateur nous annonce que l'atmosphère est toxique, et nous ne ressentons aucun malaise. Qu'est-ce qui se passe ?

— Difficile à dire, répondit Hina. L'air contient de l'oxygène, c'est sûr. Et il y en a assez pour nous, sinon nous aurions dû nous arrêter depuis longtemps. Ça, c'est certain.

— Bon. Alors, qu'est-ce qui ne va pas ?

— Il y a sans doute aussi un gaz toxique, en très petite quantité, mais il faudra du temps pour que le poison fasse son effet.

— Hhhf! fit Katia. Tu n'es pas gaie, toi... »

Elle se tourna vers Dogann, et demanda :

« Et toi ? Qu'est-ce que tu en penses ?

— Moi, je crois qu'Hina a raison. Il y a sûrement un gaz toxique, puisque Tung en a décelé un. Si tu veux le savoir, nous sommes condamnés tous les quatre.

— Tu n'es pas gai non plus.

— Mais je ne saurais pas te dire comment nous allons mourir, poursuivit Dogann.

Ni quand nous mourrons... Tung a parlé de vingt-quatre heures, mais ce n'est pas sûr. Ce sera peut-être un peu plus, et peut-être un peu moins. Ça dépendra de la résistance de chacun de nous. Et puis...

— Et puis?

— Nous serons peut-être sauvés si nous arrivons assez vite à la montagne. Le gaz toxique est sans doute plus lourd que l'air. Si nous réussissons à grimper au sommet avant la fin des vingt-quatre heures, nous avons encore des chances d'en sortir vivants.»

Katia n'avait guère envie de poser de nouvelles questions, et il y eut un silence assez long. Pendant deux ou trois minutes, on n'entendit rien d'autre que le chant des oiseaux — très loin, dans le brouillard orange. Et ce fut Hina qui parla.

«Et toi, Xoni? Qu'est-ce que tu en penses?»

Xoni hésita longtemps, comme s'il était à peu près sûr que sa réponse ne plairait pas. Puis il dit, en regardant Hina bien en face :

«Je pense à peu près comme Dogann, mais je ne voulais pas en parler. Ça ne sert à rien, de ressasser ce qui ne va pas...»

Il y eut du nouveau après le repas, quand ils reprirent leur longue marche vers le nord. De minuscules moustiques noirs dont la piqûre était douloureuse, et si petits qu'on les voyait à peine. Chacun dut se frotter le visage et les mains avec une pommade antimoustiques... Tout en marchant, Xoni pensait à ce poison invisible caché dans l'air.

« Zut ! songeait-il. Chaque fois que je respire, j'en avale un peu, et je ne peux rien faire pour l'éviter. Rien du tout... Et nous ne savons pas comment ce poison va nous tuer, ni quand il agira, ni lequel de nous quatre mourra le premier. Zut ! Et rezut ! C'est une sale histoire ! »

Un peu plus tard, Katia l'appela.

« Hé ! Xoni ! Tu cherchais des empreintes ? Il y en a plusieurs ici. »

Les empreintes se trouvaient dans une petite zone de terre humide. Elles étaient très nettes, et Xoni s'accroupit pour les observer de près. Elles étaient vraiment étranges.

« Une main à six doigts, murmura Xoni. Avec quatre doigts au centre, et un pouce de chaque côté... Et les deux pouces ont l'air parfaitement opposables. Ces bêtes-là sont capables de saisir n'importe quoi. Et elles ont quatre mains, c'est clair. Mais...

— Mais quoi ? »

Xoni ne répondit pas tout de suite, Il fit une grimace accompagnée d'un geste incertain.

« Sais pas. Il y a quelque chose de bizarre. Quelque chose qui ne va pas du tout.

— Explique un peu.

— Voilà. Dans la démarche d'un quadrupède, on observe toujours une succession régulière des quatre pattes. Il existe plusieurs schémas, bien sûr, mais on les connaît tous. Et la démarche de cette bête-là ne correspond à rien de connu. »

Hina s'était accroupie, elle aussi.

« Xoni a raison, dit-elle. Il y a sûrement quelque chose d'anormal. Mais quoi? C'est impossible à dire. »

Dogann restait un peu à l'écart, et semblait assez impatient.

« Ne traînons pas! dit-il. Nous ne sommes pas ici pour faire des rencontres. Il n'y a qu'une chose qui compte pour nous. Est-ce que ces animaux-là sont dangereux?

— Bof! fit Xoni. Comment veux-tu qu'on le sache?

— Alors, on ne s'occupe pas d'eux. On file vers le nord. »

Tous reprirent leur marche dans la chaleur étouffante, parmi les puces de sable et les moustiques noirs. Le brouillard s'ouvrait un peu par moments, mais personne ne retrouva plus la moindre trace de l'animal mystérieux — et le sol restait toujours aussi plat. Rien ne laissait deviner que la montagne fût proche, et Katia paraissait soucieuse.

« Qu'est-ce qui ne va pas? demanda Hina

— Mal de tête. Depuis un bon moment, déjà...

— Tu veux un comprimé?

— Non merci. Ça va passer, sûrement. »

Ce fut un peu plus tard qu'ils entendirent le cri. Un long cri terrible que Xoni ne devait jamais oublier, un cri où tout entrait à la fois : du désespoir, de l'épouvante et de la haine. Xoni, qui marchait en tête, comprit que le cri était assez proche. Le garçon n'hésita pas un instant. Il dégaina son fulgurant et courut dans le brouillard, en oubliant toute prudence.

« Attends-nous ! » cria Dogann.

Mais Xoni n'écoutait pas. Il continua de courir très vite, puis il vit, à dix pas devant lui... une étrange créature au pelage brun qui se débattait avec vigueur, à demi captive d'un gros serpent dont les anneaux se resserraient déjà. Xoni s'arrêta, visa soigneusement et tira. Il y eut un sifflement bref. Un mince jet de feu jaillit du fulgurant et atteignit le serpent, le coupant en deux.

« Bien visé ! approuva Dogann. Mais tu aurais dû nous attendre. Il valait mieux qu'on soit plusieurs... »

Le reptile ne bougeait plus. En le regardant bien, on voyait qu'il était mort sur le coup. Déjà, la petite créature brune se dégageait lentement des anneaux qui la maintenaient, et à voir son étonnement, on devinait qu'elle n'avait jamais rencontré d'être humain. Ses yeux ne quittaient pas Xoni — et c'étaient de grands yeux d'un beau gris clair, où la pupille n'était qu'une mince fente noire.

« Il va nous sauter au cou, pensa Xoni. On n'y coupera pas. La grande scène du trois... »

La tête avait à peu près la grosseur d'une tête d'homme et — malgré les poils qui la couvraient — elle paraissait presque humaine. Et il était difficile de dire ce qui dominait sur le visage, la surprise ou la joie. Xoni glissa le fulgurant dans son étui.

« C'était bien ça, les empreintes qu'on a vues... murmura Hina. La bête a bien quatre bras, et chacune des mains a six doigts. Pas d'erreur. »

Les bras s'articulaient deux par deux sur chaque épaule, et chacun était long et bien musclé. Avec ses quatre bras robustes, sa tête assez grosse et son corps plutôt menu, la petite créature avait un peu l'apparence d'une énorme araignée. Elle finit par se dégager tout à fait du serpent mort et — marchant avec aisance sur ses quatre mains — elle s'approcha de Xoni, s'arrêta et leva la tête. Puis elle tendit une main, avec un geste amical qu'il était impossible de ne pas comprendre.

« Bon ! Moi, je veux bien... » murmura Xoni.

Il s'accroupit, pour se mettre au niveau de son interlocuteur, et lui donna la main à son tour.

« Je m'appelle Xoni, dit-il. Xoni... Xoni... »

La petite créature parut satisfaite, et se mit à parler avec volubilité. C'était une suite de phrases incompréhensibles, mais un mot revenait plus souvent que les autres : Croû. Ce devait être son nom.

« Bon ! murmura Dogann. Tout ça, c'est très joli... Mais il ne faut quand même pas trop nous attarder... »

Croû tendit une autre main à Xoni, qui la prit comme il avait pris la première. La petite créature se mit alors à pousser de véritables cris de joie.

« Laisse-moi faire ! répliqua Xoni. Si nous sommes gentils avec lui, ce petit animal peut nous aider. La nuit sera bientôt là... S'il peut nous indiquer un endroit sûr, où nous n'aurons pas ces gros serpents, ce sera déjà très utile. Tu ne crois pas?

— Possible», admit Dogann.

Il s'écarta un peu pour examiner ce qui restait du serpent, et la tête semblait assez étrange. En l'observant bien, on avait l'impression que ce n'était pas vraiment une tête de serpent, sans pouvoir dire d'où venait cette impression. Quant à la queue, elle restait cachée sous un buisson, mais Dogann n'avait guère envie d'aller fureter de ce côté-là.

A ce moment, Croû se mit à gambader à quelques pas, comme s'il était trop joyeux pour rester en place. Quand on le regardait mieux, on voyait qu'il avait aussi deux jambes, petites et mal formées. Il était capable de se tenir debout, et même de marcher lentement s'il le fallait, mais il préférait courir sur ses quatre mains.

«Oui, dit encore Dogann. Je crois que tu as raison. Il a l'air intelligent, et il nous aidera peut-être. Mais il faudra qu'on se comprenne, et ce ne sera pas facile...»

Alors il montra le serpent mort, avec une mimique interrogative. Croû comprit, et répondit aussitôt :

«Naust.

— Très bien! approuva Dogann. Maintenant, nous savons que "naust" veut dire serpent. Ça peut être utile... C'est vrai qu'il n'est pas bête, le petit bonhomme...»

Puis il se retourna et vit que Katia restait

un peu à l'écart. Elle paraissait assez fatiguée, ou peut-être un peu souffrante. Hina fouilla dans son sac, et en sortit un petit comprimé blanc. Katia le prit et l'avala rapidement.

« Merci, dit-elle. Maintenant, ça ira mieux. »

6

Les patrouilleurs partirent alors vers le village des fenns, car c'est ainsi que s'appelaient les congénères de Croû. Katia marchait du même pas que ses compagnons, mais elle semblait assez morose et ne parlait plus du tout. Une fois, Dogann lui demanda :

« Ça ne va pas mieux ?

— Non.

— Pourtant, Hina t'a donné quelque chose...

— Ça n'a pas fait d'effet.

— Veux-tu que je porte ton sac ?

— Penses-tu ! J'ai mal au crâne, c'est vrai. Mais ça ne m'empêche pas de marcher. Pas du tout. »

Une demi-heure plus tard, ils arrivaient au village — si l'on peut appeler « village » une simple clairière où vivaient une vingtaine de fenns, sans aucune espèce de hutte ou de cabane. Aussitôt les patrouilleurs furent bien accueillis, et Croû raconta son aventure. Ce fut un long récit, largement mimé, où les mots « Croû » et « naust » revenaient assez souvent. Dogann et Xoni écoutaient avec beaucoup d'attention, en cherchant à découvrir de nouveaux mots, mais c'était difficile.

« Bizarre ! songea Xoni. Ils sont intelligents. Ça se voit. Mais leur vocabulaire est pauvre, et les gestes ont l'air de compter autant que les mots. Bien sûr, quand on a quatre mains, c'est normal de les remuer beaucoup. »

Il y avait un fenn qu'on appelait Tassim, et dont le pelage était presque blanc. Il était sans doute plus âgé que les autres, et il était très entouré. Tout en écoutant Croû, il hochait la tête et disait de temps en temps :

« Naust rahès... Naust rahès... ».

En terminant son récit, Croû revint vers Xoni pour lui prendre les deux mains, et il y eut un long murmure d'approbation chez les fenns.

« Ça y est ! pensa Xoni qui s'amusait beaucoup. Je suis vraiment adopté, maintenant. Si ce n'est pas ça "copain-copain", je ne m'y connais pas... »

La nuit tombait. On alluma sept ou huit torches plantées en cercle dans le sol, et on apporta le repas des fenns — une espèce de marmelade de légumes ou de fruits. Xoni expliqua, à grand renfort de gestes et le plus gentiment qu'il put, que ses compagnons et lui ne pouvaient, à aucun prix, partager ce repas. Et il montra une ration de biscuits vitaminés.

« Tu comprends, Croû ? C'est ça que nous devons manger... Ça, et rien d'autre. Rien d'autre... »

Croû parut d'abord assez surpris, puis il expliqua la chose aux autres fenns, avec des gestes un peu différents. Le vieux Tassim approuva d'un signe de tête, et le repas commença. Xoni était assis juste à côté d'Hina — et elle lui parut morose, inquiète, ou très fatiguée.

« Ça ne va pas ? chuchota-t-il.

— Non, répondit Hina. Mal au crâne.

— Tu n'as pas de comprimés ?

— Ça ne sert à rien. J'en ai donné un à Katia, et ça ne lui a rien fait. Si ce n'est pas efficace, mieux vaut les laisser de côté.

— Je vois », dit Xoni.

Depuis quelques minutes, il souffrait lui-même d'un mal de tête assez sérieux. Alors il observa Dogann qui se trouvait presque en face de lui, de l'autre côté du cercle, et par gestes, il lui posa la même question qu'à Hina. La réponse de Dogann, également par gestes, ne laissait aucun doute.

« Compris ! songea Xoni. Nous avons mal au crâne tous les quatre, et presque en même temps. Et les médicaments d'Hina sont inefficaces. Ce n'est pas normal, et il n'y a qu'une explication. L'air de la planète nous empoisonne, lentement mais sûrement... »

Par malheur, le mal progressait assez vite. A chaque battement de son cœur, Xoni ressentait un coup dans la tête. A peu près comme si quelqu'un s'amusait à lui frapper le crâne avec force, du bout des doigts. Alors, il dit à Hina :

« Ça va plutôt mal. Il n'y a même pas

dix heures que nous avons débarqué. Nous n'atteindrons jamais cette montagne.

— Non. Sûrement pas», répondit Hina.

Et sa voix était aussi calme que d'habitude, comme si elle parlait de la pluie ou du beau temps, et non de sa propre mort.

«Ecoute un peu, reprit Xoni. L'ordinateur nous donnait vingt-quatre heures de survie, et ça a l'air d'aller beaucoup plus vite... Qu'est-ce qui se passe?

— Minute! objecta Hina. Nous ne sommes pas encore morts, tout de même. Et ce n'est pas ce mal de tête qui va nous tuer.

— Ce sera quoi, alors?

— Hé! Comment veux-tu que je le sache? Pour te répondre, il faudrait savoir quel est le gaz empoisonné que nous respirons. Est-ce que tu ne sens pas tes articulations qui se bloquent?»

Xoni ouvrit et referma la main, puis il étendit le bras et le replia doucement. Et pour chaque mouvement, il fut obligé de fournir un effort assez grand, comme si tous ses muscles étaient à moitié endormis.

«Oui, dit-il. Et ça veut dire quoi, ce truc?

— Que nos muscles fonctionnent plus difficilement. Ou, si tu préfères, c'est la paralysie complète qui nous attend. Si ça continue, la mort surviendra par l'arrêt du cœur, ou parce que nous n'aurons plus la force de respirer.

— Et ça peut encore durer quatorze heures?

— Pourquoi pas ? Si la paralysie progresse assez lentement... »

Xoni regardait Dogann, de l'autre côté du cercle. Il était assis à côté du vieux Tassim, qui lui parlait avec de grands gestes. Dogann était presque immobile, et nul n'aurait pu dire s'il comprenait quelque chose, ou s'il n'écoutait même pas. Et Katia ? Elle continuait à manger, mais si lentement qu'on voyait à peine ses mouvements.

« Est-ce qu'on a encore une petite chance d'en sortir ? demanda Xoni.

— Crois pas, répondit Hina. Au point où nous en sommes, il n'y a plus rien qui puisse nous sauver. »

Elle parlait toujours de la même voix tranquille, et Xoni songea que c'était bête, de mourir ainsi. Au fond de lui-même, il se dit vaguement qu'il y avait *toujours* de l'espoir, et qu'il fallait tenter quelque chose... Mais quoi ? Et comment réfléchir, avec cette douleur qui lui martelait le crâne ?

« Oui, dit encore Hina. Nous sommes condamnés tous les quatre, c'est clair... »

Autour du cercle, les fenns continuaient à gesticuler tout en mangeant. Au loin, dans la nuit tombante, les oiseaux chantaient plus fort que jamais. A ce moment, Xoni s'aperçut qu'il tenait un biscuit dans sa main droite, et qu'il n'avait plus envie de le porter à sa bouche. A quoi bon manger, s'il fallait mourir dans quelques heures ? C'était si fatigant, de lever la main.

« Xoni ! Ho ! Xoni ! »

Quelqu'un l'appelait, à présent. Xoni eut besoin d'un bon moment pour comprendre qui criait ainsi, et pourtant Croû se trouvait juste en face de lui, et le secouait par les épaules pour attirer son attention. Et Xoni ne répondait pas, sa tête lui faisait de plus en plus mal, et il était tout à fait incapable de réfléchir.

« Qu'est-ce qu'il fait là ? se dit-il. Pourquoi me secoue-t-il ainsi ? Bizarre... »

A présent, il voyait d'autres fenns autour de lui. Et aussi autour d'Hina. Et autour de Dogann, et de Katia. Tous s'agitaient, gesticulaient et criaient dans leur langage étrange. Sans rien comprendre à ce qu'ils disaient, Xoni pouvait sentir leur surprise et leur inquiétude. Finalement, le vieux Tassim quitta Dogann, s'approcha de Xoni et l'observa longuement. Puis il dit, avec autorité :

« Veuxx ! »

Aussitôt Croû partit en courant. C'était la première fois que Xoni le voyait courir — et les fenns pouvaient atteindre une vitesse étonnante, en galopant ainsi sur leurs quatre mains. Puis Croû revint, en marchant sur trois mains cette fois, et il rapportait quelque chose... Une poignée de petits fruits jaunes, dont aucun n'était plus gros qu'une prune.

« Bon ! songea Xoni. Ces machins jaunes, c'est ce que le vieux lui a demandé d'aller chercher. C'est ça, des veuxx. Pas d'erreur. »

A présent Croû lui montrait un des fruits, en le tenant délicatement entre deux pouces, mais Xoni ne pensait plus qu'à son mal de tête, et ce geste ne lui disait vraiment rien. Il restait à regarder vaguement le veuxx, sans deviner qu'il devait l'avaler. Et même quand Croû le lui poussa entre les dents, Xoni ne comprit pas encore tout à fait. Il fallut encore quelques gestes, et deux ou trois mots d'encouragement.

« Bon sang ! se dit-il enfin. Il faut manger ce bidule. C'est un remède qu'on me donne... »

Alors il referma la bouche. Mais c'était difficile, car chaque mouvement lui demandait un effort. Et quand il mordit dans le veuxx, et que le jus coula sur sa langue, les larmes lui montèrent aux yeux. Le jus brûlait comme un acide, et Xoni faillit le recracher aussitôt. Puis il comprit qu'il fallait à tout prix supporter cette souffrance, s'il voulait vivre.

A côté de lui, d'autres fenns soignaient Hina. Plus loin, d'autres encore s'occupaient de Dogann et de Katia. Xoni s'efforça d'avaler ce qu'il avait en bouche. Une boule de feu descendit lentement dans sa gorge puis son œsophage, et glissa, toujours brûlante, dans l'estomac. Alors Croû lui poussa un autre veuxx entre les lèvres, en disant :

« Veuxx wobik... »

Il paraissait heureux en parlant ainsi et Xoni se demanda si les fenns, eux, aimaient cette horreur. Sa bouche et sa gorge étaient si douloureuses qu'il en oublia son mal de tête. Ou bien... Ou bien, peut-être ce mal de tête avait-il diminué ? De toute façon, Xoni ouvrait déjà la bouche plus facilement.

Il jeta un coup d'œil sur le côté, et vit qu'Hina semblait aller mieux, elle aussi. Elle remuait la tête et parlait un peu aux fenns qui l'entouraient. Mais Xoni ne put la regarder longtemps, car Croû lui offrait déjà un troisième fruit.

Il dut ainsi en avaler une dizaine, puis on le laissa tranquille. Il sentait que sa bouche et sa gorge étaient sérieusement atteintes. Il osait à peine remuer la langue, et il était presque sûr que ces brûlures seraient difficiles à guérir... Puis, comme Croû le regardait avec inquiétude, Xoni se força à parler un peu, en guise de remerciement.

« Veuxx wobik. »

Et Croû parut satisfait. Le danger semblait passé, tout compte fait. Le mal de tête avait à peu près disparu, et Xoni remuait plus facilement les bras et les jambes. Les veuxx devaient être un contrepoison très efficace. Tel était aussi l'avis d'Hina.

« Oui, dit-elle. C'est drôlement actif. On se sent vraiment mieux, bien sûr. Mais on n'est pas sortis de l'auberge...

— Pourquoi ? demanda Xoni.

— Parce qu'un contrepoison n'est jamais parfait. Il a souvent des effets secondaires, et ça pourrait nous faire plus de tort que de bien. D'ailleurs, ce n'est pas sûr qu'on va les conserver, ces veuxx.

— Quoi ? Tu veux dire que...

— Oui, tu n'as pas l'estomac barbouillé, toi ?

— Euh !... »

C'était vrai. La sensation de brûlure s'atténuait, mais tout n'était pas parfait. Xoni sentit son estomac qui remuait vaguement, un peu comme s'il était doué d'une vie propre. Par instants il avait l'impression qu'une énorme main lui tordait le ventre, puis le spasme s'apaisait. A d'autres moments, son estomac se nouait brusquement, comme si le sol fuyait sous ses pieds.

« Hein ? Tu ne crois pas ? » insista Hina.

Mais Xoni ne répondit pas. Il respirait plus vite, et par saccades. Il voyait mal ce qui l'entourait, et les torches lui semblaient tourner lentement dans la nuit. Il était toujours assis dans l'herbe, mais il n'était plus sûr de son équilibre, et il était obligé de s'appuyer des deux mains sur le sol. Alors il sentit un goût bizarre dans sa bouche — un goût très amer et très fort — et son estomac se tordit à nouveau. A ce moment précis, Xoni comprit qu'il n'éviterait pas le pire.

« Zut ! se dit-il. Je ne peux pas rester ici. »

Il se leva très vite, et courut au-dehors du cercle des torches. Son estomac s'agitait en lui, comme une bête qui cherche à s'échapper de sa cage. Puis il s'arrêta de courir, il sentit que tout son corps se couvrait d'une sueur glacée, et il vomit.

A présent Xoni se sentait soulagé. Les torches avaient cessé de tourner autour de lui. Il fit demi-tour et revint s'asseoir dans le cercle. Il frissonnait malgré la chaleur de l'air, et toutes ses forces semblaient l'avoir abandonné.

«Je ne pourrais pas rester debout», pensa-t-il.

Il vit que Katia se levait aussi, avec des gestes hésitants, et qu'elle s'en allait vomir à son tour. Alors, Xoni regarda Croû et les autres fenns qui se trouvaient auprès de lui. Aucun ne parlait, aucun ne faisait le moindre geste. Leur visage et leur attitude montraient un étonnement sans borne. Ce qu'ils venaient de voir, ils ne l'avaient sûrement jamais vu sur leur planète.

Alors Croû s'approcha et dit quelques mots à mi-voix — quelques mots de son langage, que Xoni ne pouvait comprendre. Et d'ailleurs, Xoni était bien incapable de répondre à qui que ce fût... Il s'effondra sur le sol en fermant les yeux, et s'endormit d'un sommeil profond.

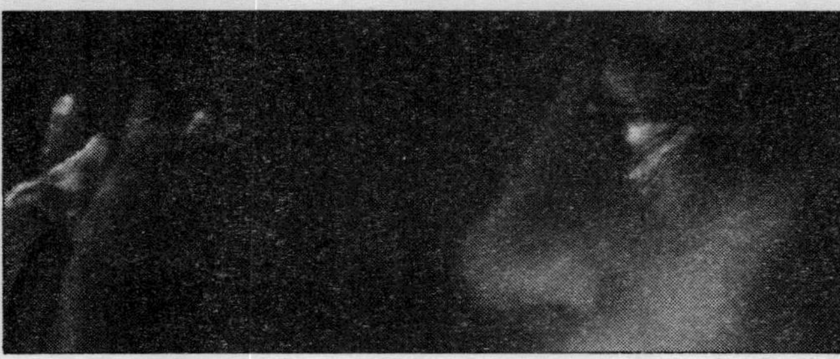

7

Xoni dormit à peu près une heure d'un vrai sommeil. Il ne remuait pas, ses yeux étaient bien fermés, sa respiration lente et régulière. Et aucun bruit, semblait-il, n'aurait pu l'éveiller... Puis une partie de son cerveau reprit conscience, comme si une petite voix lui chuchotait à l'oreille :

« Il fait nuit, et nous dormons tous les quatre. Si on nous attaque, aucun de nous ne pourra se défendre. N'importe qui pourrait nous tuer ici. »

Les puces de sable et les moustiques noirs étaient toujours là, comme si la nuit n'existait pas pour eux. Xoni se retourna, fit un effort pour chasser les insectes qui s'étaient posés sur lui, et ouvrit les yeux pendant quelques instants. Les torches s'étaient éteintes mais leur sommet restait incandescent, et la clairière baignait dans une vague clarté rouge. Tous dormaient, semblait-il, à l'exception d'un fenn qui marchait lentement sur ses quatre mains, dans un silence total.

« Qu'est-ce qu'il fabrique ? » se demanda Xoni.

Il ferma les yeux, mais le sommeil ne vint pas. Sa bouche et sa gorge étaient encore douloureuses. Ses articulations lui faisaient mal, chaque fois qu'il remuait un peu, et les moustiques noirs ne cessaient de voleter autour de lui.

« Si ça continue ainsi, la nuit sera longue », pensa-t-il.

Il s'endormit pourtant, et se réveilla longtemps après. Les torches diffusaient toujours leur étrange lumière rouge, mais tout le monde était couché à présent, jusqu'au dernier des fenns. Xoni s'aperçut que sa bouche était moins douloureuse, et les moustiques noirs semblaient partis très loin. Alors il colla une oreille contre la terre — par hasard —, simplement parce qu'il changeait de position, et...

« Curieux !... » murmura-t-il.

Il percevait un bruit bizarre, qui semblait venir du plus profond du sol. C'était un son si grave qu'on l'entendait à peine — une espèce de battement sourd qui durait environ deux secondes, et qui donnait à peu près :

« Hhhooonnnnnnnnnn... »

Ensuite, il y avait un silence de sept ou huit secondes, puis le « Hhhooonnnnnnnnnn... » revenait à nouveau.

« Qu'est-ce que ça peut être ? » se demanda Xoni.

Fait étrange, le bruit ne cessait pas brusquement. Il décroissait peu à peu, et semblait s'enfoncer dans le sol. On pouvait croire qu'il poursuivait son chemin, très loin sous la terre.

« Hhhooonnnnnnnnn... »

Le garçon écouta longtemps, en oubliant tout le reste. Il avait un peu l'impression que cela venait d'une machine — une énorme machine lente et terrible, une espèce de monstre mécanique aussi grand qu'une ville. Pouvait-il exister, sur cette curieuse planète, une civilisation souterraine étrangère aux fenns ? Etait-ce possible ? Etait-ce croyable ?

« On verra ça demain », pensa-t-il.

Xoni n'avait plus aucune inquiétude à présent, comme si ce bruit mystérieux lui faisait oublier les dangers de la nuit. Et quelques minutes plus tard, il s'endormait pour de bon.

*
* *

Ce fut un cri qui l'éveilla — un cri sauvage et désespéré, pareil à celui qu'avait poussé Croû dans sa lutte avec le grand serpent. Xoni bondit aussitôt sur ses pieds, et dégaina son fulgurant. Et d'abord, il ne vit rien. Rien d'autre que l'éternel brouillard orange, toujours aussi épais que la veille.

« Vite ! pensa le garçon. Il faut agir vite... »

Les fenns s'éveillaient aussi, et regardaient autour d'eux en cherchant à comprendre ce qui se passait. Le cri semblait venir de la droite, et Xoni partit en courant de ce côté. Mais il n'eut pas le temps d'arriver jusque-là. Il entendit un sifflement rapide — c'était le crachement de feu d'un fulgurant, impossible de s'y tromper — et le cri cessa.

« Où es-tu ? » cria Xoni, à tout hasard.

Dans le brouillard orange, la voix d'Hina lui répondit.

« Près de la rivière. Tout va bien. »

Xoni avança d'une vingtaine de pas, au petit bonheur. Puis il aperçut Hina qui tenait toujours son fulgurant, Katia tout près d'elle et Dogann au bord de la rivière, à moitié prisonnier d'une espèce de gros serpent qui ne bougeait plus. On voyait aussitôt que le garçon n'était pas blessé.

« Encore un ! » s'étonna Xoni.

Il s'approcha, pendant qu'Hina replaçait le fulgurant dans son étui.

« Non, dit-elle. Ce n'est pas un serpent, cette fois-ci... »

Xoni regarda mieux. En effet, l'animal était couvert de ventouses, et ne possédait rien qu'on pût prendre pour une tête. Le jet de feu du fulgurant l'avait coupé en deux presque au bord de l'eau, et l'autre moitié avait dû glisser dans la rivière.

« Qu'est-ce que c'est, alors ? »

Dogann était occupé à se dégager des anneaux, dont les ventouses adhéraient toujours à ses vêtements.

« C'est beaucoup plus gros, expliqua-t-il. Tu ne vois qu'un morceau de la bête. Le reste est dans la rivière, et ceci n'est qu'un tentacule. L'animal voulait m'attirer au fond de l'eau, et je n'ai pas réussi à sortir mon fulgurant. Par bonheur, Hina est arrivée juste à temps. »

Dogann était tout à fait libéré, à présent, mais ce n'avait pas été facile. Il rajusta ses vêtements, et dit encore :

« Merci, Hina. Un grand merci.

— Finalement c'était quoi, comme bête? insista Xoni. Plus dangereuse qu'un serpent?

— Beaucoup plus, ça devait être une très grosse pieuvre. Malheureusement, je n'ai rien pu voir. La tête et les autres tentacules sont restés dans la rivière. Il faudra se méfier des eaux profondes. »

Les fenns arrivaient l'un après l'autre. Tous examinaient le tentacule avec beaucoup d'intérêt — et surtout l'endroit où le fulgurant d'Hina l'avait coupé, bien nettement. Puis Croû le montra d'un geste et dit simplement, comme il l'avait fait la veille :

« Naust. »

Dogann faillit objecter : « Mais non. Ce n'est pas un serpent. » Puis il se dit que la différence n'était pas bien grande. Il était donc naturel que les fenns utilisent le même mot pour deux bêtes qui se ressemblaient autant, surtout s'ils ne disposaient que d'un vocabulaire limité, tout compte fait. A ce moment précis, Xoni dit à mi-voix :

« Nom d'un chien!

— Quoi? demanda Hina.

— Tu n'as pas remarqué? fit Xoni. Nos maux de tête ont disparu, et nous pouvons remuer facilement les pattes. Nous sommes redevenus comme avant... Et c'est tellement "comme avant" que je ne m'en rendais même pas compte. Est-ce que ta bouche te fait encore mal ?

— Non, répondit Hina.

— Moi non plus. C'est fantastique ! Ils nous ont sauvé la vie, avec leurs veuxx. Tu parles d'un remède !

— Ouais ! murmura Xina. Possible. Mais il ne faudra quand même pas forcer la dose. »

Xoni ne l'écoutait plus. Il faisait jouer ses articulations et respirait à pleins poumons, comme s'il avait oublié l'air empoisonné de la planète. Il se sentait merveilleusement heureux de vivre, comme on peut l'être après une longue maladie. La soirée précédente lui faisait l'effet d'un sombre cauchemar, et il avait suffi d'une seule nuit pour l'effacer tout à fait.

Mais déjà, Dogann revenait aux vrais problèmes.

« Tout ça, c'est très beau ! lança-t-il. Mais nous ne sommes pas en vacances. Il faut continuer, maintenant... Si on veut bien nous guider jusqu'à la montagne, ça nous aidera, bien sûr... Xoni ?

— Oui, grand chef.

— Puisque tu as un copain chez les fenns, c'est toi qui vas t'en charger. Ça passera plus facilement, si c'est toi qui expliques la situation à Croû.

— Compris. »

Après le premier repas de la journée, Xoni entreprit d'« expliquer la situation ». Il s'accroupit en face de Croû et commença de lui parler lentement, avec des phrases rudimentaires, où il mettait presque autant de gestes que de mots. Cela donnait à peu près ceci :

« Nous *(et Xoni montrait, d'un geste enveloppant, ses trois compagnons et lui-même)* partir *(le mouvement se transformait pour faire comprendre que le groupe s'éloignait vers le nord*, sur la montagne *(à présent les deux bras de Xoni, largement étendus et haut levés, décrivaient la masse de la montagne — puis un autre geste suggéra une ascension lente et difficile)*... »

Croû écoutait et regardait, en faisant un signe de temps en temps, comme s'il voulait dire :

« Continue. C'est bien... On t'écoute... »

Xoni poursuivit, en cherchant à faire comprendre qu'il voulait un guide. Alors, il prit deux mains de Croû en l'attirant un peu vers lui, puis il montra encore le nord, et le fenn se laissa faire sans protester.

« Ça va ! murmura Katia. Il a compris. Ce soir, on campe au sommet de la montagne. C'est du tout cuit.

— Pas sûr ! fit Dogann. Pas sûr... Attends un peu. »

Croû se tourna vers Tassim et répéta tout dans son langage, avec des gestes légèrement différents. Le vieux fenn écouta, réfléchit un peu et dit simplement :

« Rahès.

— Zut ! songea Xoni. Je connais ce mot-là, et ça veut sûrement dire qu'il n'est pas d'accord... Et Croû n'a pas l'air de vouloir partir sans permission. Dogann a raison, ça s'emmanche mal. »

Alors Tassim parla et Croû traduisit en gestes. Ce fut long et laborieux. Dogann écoutait et regardait, avec beaucoup d'attention.

« Je crois que j'ai compris, dit-il. Le vieux préfère nous garder ici. Si nous restons avec eux, nous pouvons tuer des tas de serpents avec nos fulgurants. Et ça, ça les intéresse. Alors, écoute-moi...

— J'écoute, fit Xoni.

— Tu vas leur expliquer qu'on est obligés de partir. Vraiment obligés. Il faut qu'ils le comprennent. Si c'est toi qui le dis, ça ira.

— D'accord. »

Xoni parla encore, en se donnant beaucoup de mal pour traduire en gestes les mots « vraiment obligés ». Pendant un bon moment, il se demanda s'il y parviendrait jamais.

« Ça va ! » murmura Dogann.

Le vieux Tassim écouta jusqu'au bout et réfléchit assez longuement, cette fois. Les autres fenns attendaient — en regardant tantôt Tassim, tantôt Croû, et tantôt les patrouilleurs. A les observer ainsi, on pouvait sentir leur inquiétude.

« Mauvais ! pensa Xoni. Ça ne doit pas arriver souvent, qu'un fenn quitte sa tribu... Ou peut-être que c'est plus dangereux dans le nord. Si c'est ainsi, on comprend qu'ils hésitent. »

Les moustiques noirs étaient revenus, plus nombreux qu'ils ne l'avaient jamais été. Les oiseaux chantaient dans le brouillard, et leur chant semblait plus fort que la veille. De temps en temps, un fenn parlait à un autre, à mi-voix, mais tous attendaient avec patience. Et finalement, le vieux Tassim sortit de sa rêverie. Il releva la tête et regarda tour à tour les patrouilleurs et Croû. Puis il dit simplement :

« Wobik. »

Et Xoni comprit que tout s'arrangeait.

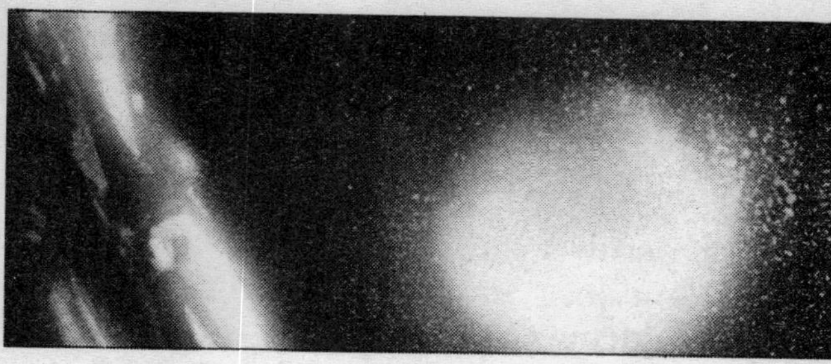

8

Un quart d'heure plus tard, le temps de remercier Tassim de son hospitalité, les patrouilleurs partaient vers la montagne avec Croû.

Au cours de la première heure, ils purent marcher vers le nord en se fiant à la boussole, et en s'écartant simplement des buissons. Croû et Xoni étaient en tête, se concertaient de temps en temps, et repartaient aussitôt. Rien ne paraissait vraiment dangereux. Puis, peu à peu, le sol se fit plus humide, et Croû déclara nettement :

« Rahès ! »

Les patrouilleurs commençaient à comprendre le langage des fenns, assez pour savoir que ce mot signifiait à la fois « mauvais » et « non ». Alors, Croû expliqua, par gestes, qu'on trouverait au nord un marais — un opham — qu'il fallait contourner à tout prix.

« C'est embêtant, grommela Dogann. A voir sa façon de remuer les bras, on a l'impression qu'il est énorme, ce marais. Si nous le contournons, ça va nous prendre un temps fou. Il ne faut quand même pas respirer cet air-là trop longtemps.

— Nous avons emporté des veuxx, objecta Xoni.

— Je sais. Mais j'aime autant ne pas renouveler la petite séance d'hier soir. Ça n'avait rien d'amusant. Si nous pouvons construire un bon radeau pour traverser le marais, ça vaudra mieux.

— Et si nous rencontrons une pieuvre ? Tu nous as dit toi-même qu'il fallait nous méfier des eaux profondes...

— Tant pis ! Nous avons des fulgurants. Nous sommes encore capables de nous défendre, tout de même. Propose-lui de traverser le marais. »

Alors, Xoni commença d'expliquer la chose à Croû, avec de grands gestes pour faire comprendre ce qu'était un radeau. Mais il n'eut pas le temps d'achever son explication. La réponse tomba, définitive :

« Rahès !

— Rien à faire, grand chef ! traduisit Xoni. Tu peux danser sur la tête si tu veux. Il ne marchera pas, tu peux me croire.

— D'accord, approuva Dogann. On suivra son conseil. »

Ils reprirent donc leur avance en contournant le marais par l'ouest, et le sol changea une fois de plus. L'herbe était plus haute, et leur montait jusqu'aux genoux. Un peu plus loin, apparurent les premiers arbres et — presque en même temps — de grosses fourmis blanches aussi longues que le petit doigt.

Xoni, qu'une terre inconnue fascinait toujours, ne cachait pas sa satisfaction.

« Ça va devenir une vraie jungle... » dit-il.

Les buissons se faisaient plus nombreux, et les seules zones à peu près sûres étaient les clairières, mais on en trouvait de moins en moins. Il y avait toujours autant de moustiques noirs, toujours la même chaleur humide et la même odeur d'herbes à demi pourries. Mais le brouillard orange semblait reculer par moments, et on y voyait alors à cinquante ou soixante pas.

Ils avançaient depuis une heure à peu près, quand Katia fut attaquée. Croû et Xoni ouvraient la marche, sans prendre de précautions spéciales, et rien ne leur était arrivé. Puis, au moment où Katia passait à son tour, à trois ou quatre pas derrière eux, une énorme feuille ronde jaillit d'un buisson et se referma sur elle.

« N'approchez pas ! » cria Hina.

Elle dégaina son fulgurant et coupa la tige de la plante, d'un seul jet de feu bien ajusté. Il y eut un grésillement rapide, et une odeur de bois brûlé. La feuille ronde s'ouvrit d'elle-même et tomba sur le sol. A cet instant, on put voir qu'elle était pourvue d'une multitude d'épines. Katia les observa sans émotion.

«Je n'ai pas eu le temps d'avoir peur, dit-elle, ça a été trop rapide. Merci, Hina... Ça devient ta spécialité aujourd'hui, le sauvetage. C'est très bien. Continue.

— C'est quoi, cette plante ? demanda Xoni.

— Une dionée géante, répondit Katia. Une

plante carnivore. D'habitude, c'est beaucoup plus petit et ça se contente d'avaler des mouches. Ici, C'est le modèle de luxe... »

Quoique, par endroits, son uniforme ait été déchiré par les épines, Katia n'était pas blessée. Elle poussa la plante morte, du bout du pied, puis elle ajouta :

« Normalement, la feuille continue à se resserrer autour de la mouche, et chacune des épines sécrète une espèce d'acide. Au bout de quarante-huit heures, il ne reste plus rien. Il paraît qu'on meurt assez vite, et qu'on ne souffre pas trop. »

Croû était revenu sur ses pas, lui aussi. Il regardait la dionée géante avec les autres, et ne semblait pas trop surpris. Puis il la toucha d'un doigt et dit :

« Naust.

— Ah ! Non ! protesta Xoni. Naust, ça veut dire serpent... »

Alors il fit un long geste sinueux, pour montrer à Croû ce qu'était un serpent. Et le fenn parut comprendre parfaitement. Il approuva d'un signe de tête, refit exactement le geste de Xoni et dit à nouveau :

« Naust. »

Puis il toucha encore la dionée géante, et répéta :

« Naust.

— Ça ne va plus ! dit Katia. Si on commence à employer les mêmes mots pour parler d'une plante ou d'un animal, on n'en sortira jamais. »

Hina intervint, avec son calme habituel.

« Pas étonnant. Si leur vocabulaire est vraiment pauvre, on peut s'attendre à tout.

— Mais, non! Ce sont des choses qui n'ont rien de commun... C'est *impossible* qu'ils n'aient qu'un seul mot pour désigner deux bidules aussi différents. »

Xoni écoutait sans rien dire. Oui, Katia devait avoir raison. Si les fenns n'avaient qu'un seul mot pour parler d'une plante et d'un animal, cela devait cacher quelque chose. Croû écoutait aussi, et semblait comprendre vaguement ce qui se passait. Il refit soigneusement les mêmes gestes, et répéta encore :

« Naust. Naust. »

Puis, en se servant tour à tour de ses quatre bras, il montra le sol et plusieurs points de l'horizon, et aussi les nuages au-dessus de sa tête, en répétant chaque fois :

« Naust. Naust. Naust. »

Xoni réfléchissait et, peu à peu, la réalité prenait forme dans son esprit. Une idée lui vint, tout à coup.

« J'ai flambé un serpent hier, dit-il. On a bien vu sa tête, mais on n'a jamais vu sa queue... Pas vrai ?

— Exact! approuva Dogann. Elle devait être sous le buisson, mais je n'ai pas été regarder de près, bien sûr.

— D'accord », dit Xoni.

Alors il se tourna vers Croû et se lança dans une mimique assez compliquée. Il fit encore deux fois le long geste sinueux qui figurait un serpent. Le fenn regarda jusqu'au bout sans intervenir, et dit simplement :

« Wobik.

— J'y suis ! s'écria Xoni. Personne n'a vu la queue du serpent, puisqu'elle était sous le buisson. Mais Croû me dit qu'elle s'enfonçait dans le sol, cette queue... Ces gros serpents-là, on ne les voit jamais hors d'un buisson.

— Bon ! dit Dogann. Et alors ?

— Alors, c'est tout simple. Le tentacule qui t'a capturé ce matin venait de la rivière, donc aussi de la terre. Et la dionée géante enfonce ses racines dans la terre... Tu comprends, maintenant ?

— Oui. Si les fenns emploient le même mot pour désigner ces trois machins-là, et si tous les trois viennent du sol, je ne vois qu'une explication. C'est que le gros serpent, le tentacule et la plante carnivore sont trois membres d'un seul animal...

— Bon sang ! » murmura Katia.

L'étonnement lui coupait le souffle. Elle resta sans rien dire pendant une dizaine de secondes, en écrasant machinalement un moustique noir qui s'était posé sur son cou. Puis elle ajouta :

« Mais alors, c'est une *très* grosse bête. Une bête énorme. Un animal qui est peut-être aussi gros qu'un millier d'éléphants. Et tu crois qu'il vit sous la terre ?

— Oui, répondit Xoni. Avec des morceaux qui poussent à l'air libre. Le gros serpent, le tentacule et la dionée géante. Ces trois trucs-là, et bien d'autres encore, ça doit lui servir à se nourrir...

— Nom d'un chien!»

Dogann approuva, d'un signe de tête.

«Je crois que tu as raison, dit-il. A l'avenir, il faudra nous méfier de n'importe quoi.»

Ils reprirent leur avance, en redoublant de prudence. Tout en marchant en tête avec Croû, Xoni l'interrogeait par signes pour apprendre le nom des plantes ou des animaux. Vers le milieu de la journée, le fenn conduisit les patrouilleurs sur une petite colline, haute à peine de cinq ou six mètres. Puis il annonça :

«Opham.»

Le brouillard était moins dense à cet endroit, et le regard portait peut-être à cent cinquante ou deux cents pas. Et ce qu'on voyait, c'était une eau trouble où flottaient des mousses orange et des plantes rouges aux larges feuilles plates. L'odeur, que le vent apportait par bouffées, était très forte — une odeur âcre et trouble, où se mêlaient plusieurs senteurs qu'on reconnaissait assez mal.

«Croû avait drôlement raison, murmura Dogann. On peut risquer n'importe quoi, mais pas traverser ça. Sûrement pas.»

L'eau remuait par endroits, sans qu'on pût rien voir d'anormal, et le silence était absolu. Aucun insecte, aucun oiseau ne volait au-dessus du marais. Xoni observait tout en détail, avec le regard qu'il avait quand une chose l'étonnait vraiment. On sentait qu'il était prêt à rester longtemps sur cette colline, comme s'il espérait percer, un à un, les secrets de la planète. Mais, une fois de plus, Dogann donna le signal du départ.

« Allons, ouste ! Faut pas traîner ici... »

Au crépuscule, ils découvrirent une clairière qui paraissait sûre, et décidèrent d'y passer la nuit. Il y avait à peine vingt-quatre heures qu'ils avaient rencontré Croû, mais il était si gentil et il avait de si bons yeux tendres qu'on oubliait vite qu'il n'était pas humain.

« On a l'impression qu'on le connaît depuis toujours », dit une fois Hina.

Et c'était vrai. Les fenns étaient doux, et le danger ne les avait pas aigris. Tout de suite, un courant de sympathie passait, dans les deux sens.

« Oui, approuva Katia. Ce sera dommage de le quitter, quand on s'en ira. »

Pour les patrouilleurs, les maux de tête recommencèrent ce soir-là. Chacun dut encore avaler deux ou trois veuxx, toujours aussi amers et brûlants que la veille.

« Pas drôle ! grommela Xoni. Tout ce qu'on peut espérer, c'est que ça ne finisse pas comme hier. »

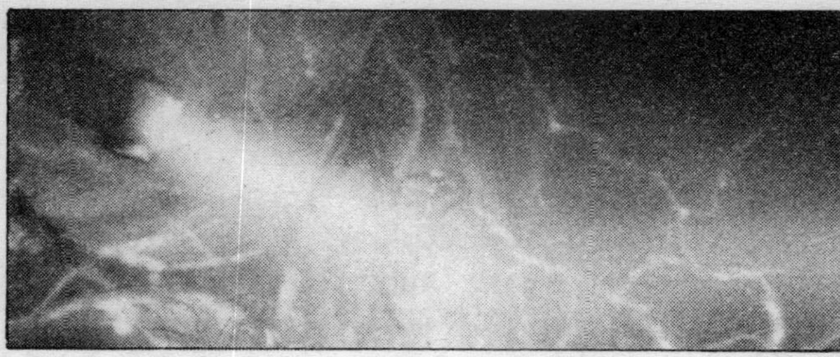

9

Par bonheur, la soirée se termina mieux que la veille et personne ne fut vraiment malade. Chacun des patrouilleurs monta la garde à son tour — pendant que Croû dormait tranquillement, sans comprendre pourquoi ses compagnons restaient éveillés. Dogann prit la première garde, que personne n'avait réclamée. Deux heures plus tard, il éveillait Katia, en la secouant doucement par l'épaule.

« C'est à toi. »

Katia se leva sans bruit, s'ébroua et vint s'asseoir au centre du cercle, à côté d'une torche électrique qu'on avait allumée par prudence. Puis elle demanda, en voyant que Dogann restait à côté d'elle :

« Tu ne te recouches pas ? Tu es cafardeux ?

— Non, répondit Dogann. Je n'ai pas sommeil, voilà tout. Et puis, je me demande ce qui va se passer demain. Tu sais, nous sommes encore loin de la montagne. Et il y a autre chose aussi...

— Quoi ? »

A ce moment précis, Xoni ouvrit les yeux, se leva et vint s'asseoir à côté d'eux.

« Est-ce qu'on t'a réveillé ? s'enquit Dogann.

— Non. Je ne dormais que d'un œil. C'est sans doute à cause des veuxx. Nous n'y sommes pas encore habitués. »

Puis s'apercevant que Dogann semblait morose et même inquiet, il demanda :

« Ça ne va pas ?

— Non, répliqua Dogann. Maintenant, je sais ce que j'ai oublié en quittant l'Epervier 7. Et c'est quelque chose d'important.

— Quoi ?

— J'ai oublié de poser une question à Tung. Et à présent, nous ne pouvons plus retourner là-bas. J'aurais dû demander des renseignements sur l'étoile UV Céti. »

Xoni parut très étonné.

« Est-ce que c'est vraiment important ? demanda-t-il. On sait que c'est une Naine Rouge... Et après ?

— Il y a autre chose, insista Dogann. Je suis *sûr* qu'il y a autre chose. C'est quelque chose d'important, mais je ne parviens pas à me rappeler quoi. »

Il haussa les épaules, avec lassitude.

« Tant pis ! dit-il. Nous ferions mieux d'essayer de comprendre Naust, si nous voulons rester vivants.

— Pourquoi ? s'étonna Katia. Si nous trouvons encore deux ou trois serpents, ce n'est pas une catastrophe. Nous avons nos fulgurants, pas vrai ?

— Ecoute, Katia ! Essaie de t'éveiller complètement, et tâche de faire travailler ton cerveau. S'il y a une centaine de serpents sur la planète, et aussi quelques dionées géantes, ce n'est pas terrible... Mais si tout cela forme *un seul* animal, tu ne crois pas que c'est beaucoup plus grave ? »

Katia ne répondit pas. De toute évidence, elle ne s'était jamais posé la question. Pendant qu'elle réfléchissait, Hina s'éveilla à son tour et rejoignit ses compagnons.

« Pas sommeil, dit-elle à mi-voix.

— Tu tombes à pic, répliqua Dogann. Nous essayons de comprendre Naust, et tu vas nous aider.

— Qu'est-ce que tu appelles "comprendre Naust" ?

— D'abord savoir ce que c'est, comme genre d'animal. Après tout, tu es notre spécialiste en zoologie. Et Katia, c'est la botaniste. A vous deux, vous avez certainement des choses intéressantes à raconter... »

Hina et Katia se regardèrent, plutôt embarrassées. Chacune attendait visiblement que l'autre parle. Enfin, Hina se décida.

« Difficile ! dit-elle. Pour te répondre, il faudrait d'abord savoir si Naust est venu de l'espace, ou s'il est né sur la planète. Si nous le savions, nous verrions déjà plus clair.

— Mmm... fit Dogann. N'oublie pas que les morceaux que nous avons vus sortaient du sol, ça veut dire qu'une grosse partie de la bête est enterrée. Il serait difficile qu'une bête pareille vienne de l'espace.

— Bon ! dit Hina. Admettons que Naust

soit né ici. Il n'est sûrement pas venu tout d'un coup, et... »

Quelques fourmis blanches couraient au hasard sur le sol, sans jamais s'éloigner de la torche électrique. Croû dormait toujours à quelques pas — et pendant les moments de silence, on entendait sa respiration, tranquille et régulière.

« Minute ! coupa Xoni. Quand tu dis qu'il n'est “pas venu tout d'un coup”, qu'est-ce que tu veux dire ?

— Pas difficile, répondit Hina. Je suppose que la vie a évolué lentement, sur cette planète-ci comme ailleurs... Partout, la vie est née d'animaux très élémentaires, qui ont donné naissance à d'autres. Et ces autres sont devenus plus complexes. De plus en plus complexes. Ici aussi, ça s'est passé comme ça.

— Oui. Bien sûr. Continue.

— Eh bien ! Naust doit descendre d'une espèce qui a vécu autrefois sur la planète, et qui existe peut-être encore aujourd'hui. Cette espèce s'est transformée peu à peu, par une série de mutations favorables. Et elle a fini par donner naissance à un monstre énorme. »

Xoni faillit pousser un sifflement admiratif, mais il se rappela, juste à temps, qu'il ne fallait pas réveiller Croû. L'hypothèse d'Hina lui semblait passionnante.

« Et d'après toi, dit-il, Naust descend de quelle espèce ?

— Des fenns, répliqua Hina sans hésiter.

— Pourquoi ?

— Réfléchis. Les fenns ont quatre bras, et deux pouces à chaque main. Le pouce et les deux bras supplémentaires viennent sans doute d'une mutation, qui s'est produite il y a très longtemps...

— Oui. Sans doute.

— Imagine que la même mutation se reproduise plus tard. Et qu'elle se reproduise encore. Et encore... A chaque mutation nouvelle, d'autres membres apparaîtront. Si la masse du corps augmente en même temps, ça peut produire un monstre. »

Un oiseau hulula tout près d'eux, et le vent emporta son cri dans la nuit. Puis tout redevint silencieux.

« Un instant ! fit Dogann. D'après toi, Naust est une espèce d'arrière-petit-cousin des fenns... C'est bien ce que tu veux dire ?

— Oui.

— Il y a quelque chose d'important, là-dedans. Les fenns forment une espèce intelligente, puisqu'ils ont un langage. Si Naust descend des fenns, il doit être intelligent aussi.

— Euh... Oui.

— Eh bien ! As-tu pensé aux dimensions que pouvait avoir le cerveau de Naust ? As-tu pensé au danger qu'un cerveau pareil pouvait représenter pour nous ? »

A ce moment, Croû se retourna dans son sommeil et poussa un gros soupir, sans ouvrir les yeux, Dogann poursuivit son idée.

« Essaie d'imaginer ce qu'est Naust... Un très gros cerveau, quelque part sous la terre. Et des centaines de bras. Des serpents, des tentacules, des plantes carnivores. Et sans doute, quelque part, des yeux et des oreilles. Et aussi...

— Et aussi ? répéta Katia.

— Il connaît peut-être le langage des fenns, s'il descend d'eux. Oui, il est sûrement très dangereux. Nous avons nos fulgurants, bien sûr. Mais il a sans doute des armes que nous ignorons, et il est partout.

— Nous pouvons courir, et lui pas, objecta Katia.

— Je sais. Nous en aurons drôlement besoin, de savoir courir...

— Chhh'ttt ! » fit Xoni.

Il se coucha sur le ventre, colla une oreille au sol et écouta longuement, pendant que ses compagnons se taisaient. Puis il se releva, l'air vaguement déçu.

« Qu'est-ce que tu voulais faire ? » demanda Dogann.

Alors Xoni raconta comment il avait entendu, la veille, un battement régulier qui semblait venir des profondeurs du sol.

« Et tu ne l'entends plus, maintenant ?

— Non.

— Tu penses que c'était quoi ?

— Des battements de cœur. Mais ce n'est pas ça, puisqu'on ne les entend plus.

— Au contraire ! dit Hina. Les battements de cœur, on ne les entend pas n'importe où. Seulement à certains endroits favorables. »

Elle réfléchit encore quelques instants, puis elle ajouta :

« Il y avait combien de temps, entre deux battements ?

— Sept ou huit secondes.

— Houchhh !... Les petites bêtes ont un cœur qui bat vite, et les grosses bêtes un cœur qui bat lentement. S'il y a sept ou huit secondes entre deux battements, c'est que Naust est vraiment *très* gros. Dogann a raison. On ne rigolera pas, dans les jours à venir... »

*
* *

Après cette discussion, la nuit s'acheva normalement, Katia continua de veiller pendant que ses compagnons se recouchaient. Puis ce fut le tour de garde d'Hina, et enfin celui de Xoni. Tout semblait en ordre.

A l'approche du matin, le brouillard se fit plus épais qu'il ne l'avait jamais été. On n'y voyait guère qu'à deux ou trois pas, et la torche électrique ne servait plus à grand-chose. Xoni l'éteignit pour ménager les piles, puis il attendit l'aube en restant assis dans l'herbe.

« Il n'y en a plus pour longtemps », se dit-il.

Quand le premier oiseau chanta dans les arbres, le ciel était déjà rouge à l'est, et il n'y avait pas un souffle de vent. Xoni sentit un frôlement sur ses doigts. Il voulut déplacer ses mains, machinalement, mais son bras gauche ne bougea pas. Alors, il alluma sa torche électrique. Quelque chose avait bloqué son bras, sans qu'il eût rien senti. C'étaient de longs filaments blancs, souples et presque aussi gros que le petit doigt, qui s'enroulaient autour de tout ce qu'ils touchaient, semblables aux vrilles des plantes grimpantes. Et on les voyait pousser, tant leur croissance était rapide.

« Nom d'un chien ! » jura Xoni.

Il n'y avait pas une seconde à perdre. Le garçon prit la torche électrique dans sa main gauche. Puis il sortit son couteau de chasse et commença de trancher, l'un après l'autre, tous les filaments qui retenaient son bras. La lame était bien aiguisée, et coupait parfaitement, mais chacune des vrilles que Xoni tranchait ainsi laissait couler une goutte de sève aussi blanche que le lait. En moins d'une minute, il libéra son bras gauche et ses deux pieds, puis il se leva.

« Pourvu que je n'arrive pas trop tard », pensa-t-il.

Et pour Hina, il était urgent d'intervenir. Elle dormait à l'écart de ses compagnons, et les filaments blancs l'emprisonnaient déjà de la tête aux pieds. Jamais elle n'aurait pu se dégager sans aide. Quant à Dogann, Katia et Croû, les vrilles commençaient à peine à leur entourer les membres, aussi Xoni n'eut aucun mal à les délivrer.

« Naust ! s'écria Croû, dès qu'il s'éveilla.

— Oui, répliqua Dogann. On s'en doutait, figure-toi. Ça veut dire qu'il attaque chaque fois d'une façon différente, l'ami Naust. On peut vraiment s'attendre à tout.

— S'il est intelligent, c'est normal, observa Hina.

— Mmm... fit Katia. Quand je pense que

nous sommes sur son dos, ça me fait une sale impression. Comme si j'étais une souris sur le dos d'un gros chat. Pas drôle. »

Le jour continuait à se lever, et les patrouilleurs n'avaient plus besoin d'une torche électrique pour voir dans quel piège ils étaient tombés. Une espèce de haie vive se dressait tout autour d'eux, faite de plantes qui avaient poussé au cours de la nuit en entremêlant leurs tiges, leurs feuilles et leurs vrilles.

« Pas facile à franchir », murmura Xoni.

Cette haie, nettement plus haute qu'un homme, formait un cercle de cinq ou six mètres de diamètre. Les plantes s'entrelaçaient si étroitement que personne n'aurait pu se frayer un chemin en les écartant. Autant essayer d'écarter les briques d'un mur.

« On va la brûler », décida Dogann.

Il recula un peu, dégaina son fulgurant et tira. Il était à ce moment à trois ou quatre pas de la haie. Un mince jet de feu jaillit de l'arme, et... rien ne se produisit, ou presque rien. La haie ne brûlait pas. Il n'y eut aucune flamme, rien qu'une épaisse fumée qui sortait lentement des feuilles, en volutes lourdes et blanches. Une fumée âcre, qui piquait aux narines et faisait pleurer.

« Bizarre ! murmura Dogann. Jamais vu ça. »

Il se tourna vers un autre point de la haie et fit une deuxième tentative. A nouveau, la même vapeur blanche s'éleva, aussi lourde et aussi âcre. Katia toussa cinq ou six fois.

«Faut pas continuer, conseilla Xoni. Cette haie forme une espèce de cuve, et la fumée va s'accumuler. On serait vite asphyxiés...

— Ça ne m'étonne pas, répliqua Dogann. Naust est intelligent, et il se défend comme il peut. Il a compris ce qu'étaient nos fulgurants, et il nous empêche de les utiliser.»

Croû longeait lentement la haie, en se penchant presque au ras du sol pour chercher un passage. Puis il s'arrêta, leva la tête et regarda les patrouilleurs l'un après l'autre. La peur se lisait dans ses yeux. Il hésita un peu, puis il murmura :

«Naust mauvais.»

C'était la première fois qu'il parlait ainsi, en employant un mot humain, et sa voix tremblait.

«Ne t'en fais pas! dit Xoni. On s'en sortira, et on ne t'abandonnera pas. Haut les cœurs! Tu peux nous faire confiance.»

Croû ne comprit pas ces phrases, mais il parut sensible au ton de la voix, et il se redressa comme s'il reprenait courage. Dogann avait sorti son couteau de chasse, et s'attaquait déjà à l'obstacle.

«Ça ira, maintenant! dit-il. Xoni, donne-moi un coup de main.»

Xoni se mit au travail à côté de Dogann, pour tailler une espèce de couloir dans la haie. Cette fois encore, chaque tige coupée laissait couler une ou deux gouttes d'une sève très blanche. On pouvait croire que la haie était vivante, et qu'elle souffrait... Et quand elle tombait sur la main, cette sève était chaude et visqueuse. Même si on l'essuyait aussitôt, elle laissait une trace rouge.

« Dommage qu'on n'ait pas de gants ! grommela Dogann. Tant pis ! On ne peut pas tout prévoir, ni tout emporter. »

Chaque tige était assez facile à trancher, mais d'autres poussaient presque aussitôt, comme si la haie se refusait à mourir. Il fallut une heure pour creuser entièrement le couloir. Dogann et Xoni avaient les mains rouges et gonflées.

« Pas fâché d'avoir fini ! conclut Dogann. Et quand Naust essaiera encore de nous avoir, ce sera sans doute plus dur que ça... »

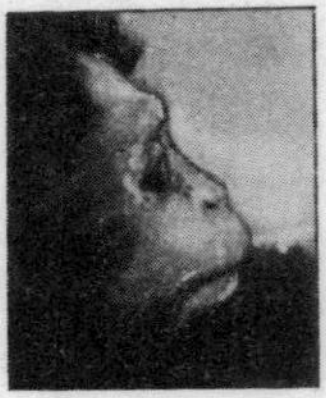

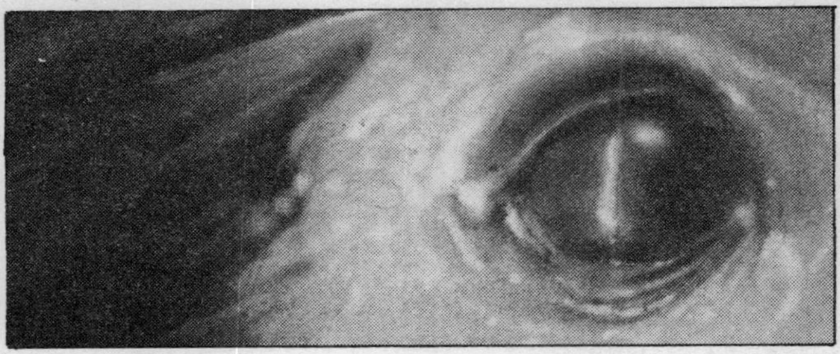

10

Hina dut soigner les mains de Dogann et de Xoni, et ce fut difficile. Presque partout, la peau était rouge et crevassée — et elle saignait par endroits. Ailleurs, elle se soulevait en grosses cloques, comme sous l'effet d'une brûlure.

« La fin du boulot n'était pas drôle, avoua Xoni. J'aurais donné gros pour être ailleurs... »

Ce fut lui qu'on soigna le premier, car il semblait plus atteint que Dogann. Hina nettoya soigneusement les plaies et perça la peau quand il le fallait, avec des gestes très doux, adroits et prudents. Xoni se laissait faire sans protester. Puis elle vaporisa, sur les deux mains, une couche de peau synthétique.

« Avec ça, tu dois pouvoir tenir le coup, dit-elle. Je ne t'ai pas fait trop mal?

— Non, répondit Xoni. Ça pouvait aller, merci. »

Ensuite, ce fut au tour de Dogann. Croû observait les soins avec attention. On voyait que tout l'intéressait et lui semblait étrange, mais il ne posa pas de questions. Puis tout le monde mangea, à dix pas de la haie mutilée. Croû avala deux ou trois fruits qu'il avait cueillis au hasard, puis il accepta sans façon quelques biscuits vitaminés. Il parut les trouver à son goût, et dit alors :

« Mer-ci. »

Tous repartirent ensuite vers le nord. Peu à peu, le sol s'éleva en pente douce et quelques vallons se creusèrent. C'était le signe qu'on approchait de la montagne. Alors Croû se mit à hésiter. Il s'arrêtait souvent pour discuter avec Xoni, et on devinait qu'il ne savait vraiment plus où aller. Puis il fit comprendre, par gestes, que toutes les vallées et toutes les collines se ressemblaient.

« Bien sûr ! dit Xoni. Oui, bien sûr... »

Il faisait chaud. Les moustiques et les fourmis blanches semblaient toujours plus nombreux. Les herbes folles étaient aussi hautes que Croû, qui était obligé de détourner la tête en marchant, ou de se protéger les yeux. Il finit par s'arrêter en montrant un buisson à dix pas devant lui, et grommela :

« Là, mauvais... Naust... »

C'était un buisson assez touffu, qui semblait pareil aux autres. Il fallait passer tout près de lui, ou accepter un détour assez long, sans savoir ce qu'on allait trouver en faisant ce détour. Alors, Croû répéta :

« Mauvais. »

On voyait la peur dans ses yeux, et on l'entendait dans sa voix. Il se tourna vers

Xoni, qui était le plus proche de lui, et frappa légèrement sur l'étui du fulgurant.

« Compris ! » murmura Xoni.

Il dégaina son arme, visa la base du buisson et tira. Pendant une quinzaine de secondes, le jet de feu erra parmi les feuilles et les branches basses. On vit d'abord sortir une épaisse fumée blanche, puis le feuillage s'enflamma tout d'un coup, et tout se consuma en deux ou trois minutes.

« Il n'y avait rien... » dit Dogann.

En effet, on n'avait pas vu de mouvement brusque ou de soubresaut pendant que le buisson brûlait. Aucun animal ne pouvait donc y être caché. Quand la dernière flamme s'éteignit, Dogann s'approcha et remua les cendres avec prudence, du bout de sa botte.

« Non, dit-il encore. Il n'y avait pas de serpent. Ni d'autre grosse bête. Tu n'aurais pas dû tirer si vite.

— Hé ! Toi ! protesta Xoni. Il faut tout de même faire un peu confiance à Croû. Nous ne pouvons pas, chaque fois, attendre qu'on nous attaque.

— Oui. Je sais. Mais... »

Dogann n'eut pas le temps d'en dire davantage. Le sol remua sous ses pieds d'une manière bizarre, un peu comme un animal qui aurait tremblé dans un accès de fièvre. En même temps, les oiseaux cessèrent de chanter, brusquement. Il y eut un silence total et, dans les hautes herbes, les fourmis blanches commencèrent à courir dans tous les sens. Les patrouilleurs se regardèrent.

« Oui, répéta Dogann. Tu n'aurais pas dû brûler ce buisson. C'était peut-être le seul geste qu'il ne fallait pas faire ici. Nous ne savons pas encore de quoi Naust est capable, et il ne faut pas l'énerver. Surtout pas... »

Le sol remuait toujours, du même tremblement maladif, et les oiseaux semblaient s'être enfuis au loin. On avait l'impression que n'importe quoi pouvait surgir du brouillard, à tout instant, et on attendait, vaguement. Katia frissonna, regarda longuement le buisson calciné, et dit enfin :

« Vaudrait mieux s'en aller. »

Et ils partirent, en marchant avec difficulté sur ce sol instable.

*
* *

Un peu plus tard, le sol cessa de trembler, comme si Naust se décidait à dompter sa colère, mais quelque chose avait changé. Croû semblait toujours moins sûr de lui. Il ne s'arrêtait plus, mais hésitait de plus en plus souvent. A deux reprises, il fit faire un long détour que rien ne justifiait. A la fin de la journée, sa fatigue et son énervement étaient si visibles que Dogann finit par lui demander gentiment :

« Qu'est-ce qui ne va pas, Croû ? »

Le fenn parut comprendre. Il eut un geste embarrassé, en remuant vaguement ses quatre mains, comme s'il ne savait quoi répondre. Et Dogann dit à Xoni :

« Essaie de l'interroger, toi ! On voit que ça

ne va pas, depuis ce matin, mais il est plus muet qu'une carpe. Si c'est toi qui le questionnes, il parlera sûrement.

— Compris», dit Xoni.

Alors il s'accroupit en face de Croû, comme il le faisait quand il voulait lui parler longuement, et le dialogue commença. D'abord une question, puis la réponse du fenn, que Xoni traduisit aussitôt.

«Voilà! annonça Xoni. Il raconte qu'on est très loin de chez lui, et que c'est drôlement risqué de s'aventurer dans ce coin-ci. Il aime pas ça.

— C'est plus dangereux que chez lui? demanda Dogann.

— Oui. Beaucoup plus... là-bas, sa tribu habite "au bord de Naust", comme il dit. Et ici, c'est en plein "au-dessus de Naust". C'est pour ça que c'est plus dangereux.

— Mais, pourtant, objecta Dogann. Il y a d'autres fenns ailleurs. Sa tribu n'est sûrement pas la seule. Demande-lui...»

Xoni posa la question. Il parlait maintenant une espèce de sabir, où se mêlaient curieusement les mots fenns et les mots humains. Croû lui répondait à peu près dans le même jargon, en ajoutant quelques gestes, et le message «passait» dans les deux sens.

«Il dit que oui, traduisit Xoni. C'est vrai qu'il y d'autres tribus de fenns, mais elles sont toutes "au bord de Naust"... Et il insiste. Il a répété qu'on était très loin, et que c'était vachement risqué pour lui. Et aussi pour nous, qu'il dit...

— Minute! objecta Dogann. Il est déjà venu par ici, pourtant?»

Xoni parla encore. Croû répondit tout aussi longuement, dans le même jargon bizarre, et le garçon parut comprendre.

«Il n'est jamais venu si loin, traduisit Xoni. Il dit que c'est pas des choses à faire, et qu'on va sûrement le regretter. Ça va mal tourner, qu'il dit. Très mal. Naust est trop puissant pour nous.»

Dogann haussa les épaules.

«Mais nous sommes bien obligés d'avancer, insista-t-il. Si nous n'escaladons pas la montagne, nous ne pourrons jamais lancer notre S.O.S. Tu le sais bien, tout de même. Tu ne le lui as pas dit?

— Si! répliqua Xoni. Mais ça, ça lui passe au-dessus de la tête. Il ne s'attendait pas à aller si loin, et il a peur. Il a *peur*, tu comprends? Et c'est la peur qui compte pour lui. Il ne veut plus avancer.

— Je m'y attendais, grommela Dogann, j'étais à peu près sûr que ça arriverait... Eh bien! Il faudra nous séparer de lui. Il rentrera dans sa tribu demain matin. Et nous autres, nous grimperons sur la montagne. Dis-lui ça.»

Xoni secoua lentement la tête et resta muet. Son visage avait une expression butée qu'on ne lui connaissait guère, comme s'il se refusait à traduire les paroles de Dogann. Pendant près d'une minute, il y eut un silence lourd, puis Katia prit la parole.

«Ça ne va pas! dit-elle. Ce n'est pas une solution, ça... Si Croû retourne chez lui demain, il aura toute une région dangereuse à traverser, et il sera seul. Tu crois qu'il s'en sortira ?

— Katia a raison, approuva Hina. Croû est tout bon, et il a quitté gentiment sa tribu pour nous aider. Ce serait vraiment dégoûtant, de le laisser tomber.

— Moi aussi, je pense comme ça», dit Xoni.

Croû écoutait sans rien dire, et semblait comprendre qu'on parlait de lui. Il regardait les patrouilleurs l'un après l'autre, et il y avait un reflet bizarre dans ses yeux — un reflet qui était à la fois de l'espoir, de la peur et de l'attente. Quant à Dogann, il sentait que ses trois compagnons avaient raison, et il était embarrassé.

« Bon ! admit-il. C'est vrai, ce que vous dites là. Mais alors ? Il faut prendre une décision, tout de même. Et nous ne pouvons pas faire demi-tour...

— Il n'y a qu'une façon d'en sortir, expliqua Hina. Il faut qu'il nous fasse confiance, et qu'il nous suive jusqu'au sommet de la montagne.

— Et après ?

— On viendra nous secourir, là-haut. L'Epervier qui nous ramènera pourra déposer Croû dans sa tribu. Ainsi, pas de problème.

— D'accord ! approuva Dogann. Ça, c'est la solution idéale... Et tu crois qu'il va nous faire confiance, avec la frousse qu'il a ?

— Moi je le crois, dit Xoni. Je vais lui en parler. »

A nouveau, il engagea le dialogue avec Croû, et cette fois ce fut très long. Xoni employait toujours le même charabia, et il y paraissait très à l'aise. Il répétait ses gestes à deux ou trois reprises, et semblait inventer chaque fois des mots nouveaux. C'était vraiment de l'hébreu pour Hina et Katia, mais apparemment, Croû comprenait. On le voyait à ses yeux, à son attitude, et à sa façon de hocher la tête à la fin des phrases. Il réfléchit pendant un bon moment, puis il dit simplement :

« Wobik.

— Ouf! conclut Xoni. C'est gagné. »

Dogann n'avait guère écouté cette discussion, comme si la chose avait cessé de l'intéresser. Il se taisait et regardait ses mains, qui semblaient l'inquiéter. Hina vit cette inquiétude, et elle demanda :

« Ça ne va pas? »

Dogann secoua la tête.

« Mes mains me font mal, répondit-il. Mais ce n'est rien. Ça passera sûrement. »

*
* *

Croû ne fit aucune difficulté pour repartir le lendemain. Le seul changement, c'est qu'il avait renoncé à servir de guide, et qu'il marchait tranquillement derrière Xoni.

A présent, les patrouilleurs avaient abordé la montagne, et leur avance était plus pénible.

Les vallées se succédaient, et toutes étaient différentes. La boussole ne servait plus à grand-chose. Ce qui comptait vraiment, c'était de gagner de l'altitude, et ce n'était pas toujours facile. Il arrivait qu'une vallée fût impraticable, alors que rien ne l'avait laissé prévoir. Il fallait alors rebrousser chemin, et faire un long détour.

« Zut ! dit une fois Katia. Tu ne pourrais pas t'orienter un peu mieux ?

— Désolé ! répliqua Xoni. Ce n'est pas simple, une montagne. Nous n'avons pas de carte, et le brouillard nous empêche d'y voir à cent mètres... Comment veux-tu que je devine ce qui se passe tout en haut d'une vallée ? Je ne suis pas sorcier... »

Il se donnait pourtant beaucoup de mal, et partait souvent en éclaireur devant ses compagnons. Il furetait partout, observait tout, et semblait parfois flairer l'air autour de lui. Par moments, il se couchait à plat ventre pour entendre les battements qu'il avait entendus la première nuit, et il restait longtemps à écouter ainsi.

« Ça y est ! annonça Katia. Il va nous raconter que Naust a la coqueluche, ou qu'il a très mal aux cheveux.

— Non, répondit Xoni. Je ne te raconterai pas ça, parce que je n'entends rien. Rien du tout. Nous sommes sans doute en plein au-dessus de Naust, et on n'entend plus les battements de son cœur. C'est bizarre, tout de même... »

Quant à Dogann, il se contenta de suivre

ses compagnons pendant tout le jour — presque sans un mot — et on voyait nettement qu'il était inquiet. A l'étape du soir, Hina lui examina les mains longuement, à la lumière d'une torche électrique.

« Ça n'a pas l'air d'aller fort, dit-elle.

— Non, reconnut Dogann. Je ne sais pas quoi faire de mes mains pour éviter qu'elles touchent quelque chose. Le moindre contact me fait vraiment mal. »

Sous la peau synthétique, presque transparente, les mains de Dogann paraissaient assez malades. Les plaies ne se refermaient pas, et quelques-unes suppuraient.

« Mauvais, ça ! murmura Hina. Et toi, Xoni ? Est-ce que ça va aussi mal ?

— Non. »

Xoni montra ses mains dont les plaies semblaient saines, et déjà presque cicatrisées.

« Moi, ça va bien, dit-il. N'oublie pas que tu m'as soigné le premier. C'est peut-être à cause de ça que mes mains guérissent plus vite.

— Oui. Peut-être. »

Alors, Hina soigna Dogann à nouveau. Patiemment, elle nettoya encore toutes les plaies, avec les gestes très doux qu'elle avait toujours — puis elle plaça une autre peau synthétique. Et comme la première fois, Croû observa tout d'un bout à l'autre. Quant à Dogann, il regardait aussi. Il serrait les dents par moments, en fronçant les sourcils, et disait parfois quelques mots.

« Ça va. Tu peux continuer... Attention ! De

ce côté-là, vas-y doucement... Oui. C'est bien. Merci... »

Quand tout fut terminé, Hina referma sa trousse et chacun se prépara à dormir.

« Je prends la première garde », proposa Xoni.

Dogann ne parut pas avoir entendu, Il regardait dans le vague, comme si rien ne l'intéressait plus, et quand Hina lui offrit un calmant, il l'accepta tout de suite.

« Merci ! dit-il. J'en aurai besoin. »

Il avala le comprimé qu'on lui donnait, s'étendit sur le sol et s'endormit aussitôt.

« Compris ! murmura Xoni. Il vaut mieux qu'on se partage les gardes à trois, pour cette nuit. »

Katia, Hina et Croû se couchèrent à leur tour, pendant que Xoni veillait. Et pendant trois heures, il n'y eut rien à signaler — hormis les moustiques noirs et les puces de sable qu'il fallait chasser de temps en temps. Vers minuit, Xoni s'approcha d'Hina pour la réveiller. Il allait lui toucher l'épaule du bout des doigts, quand il arrêta son geste...

11

Croû ne dormait pas. Ses yeux brillaient dans l'ombre, et il regardait de tous côtés, en observant les moindres choses autour de lui, Xoni demanda, à mi-voix :

« Qu'est-ce qui ne va pas, Croû ? »

Mais en posant cette question, le garçon devinait déjà ce qui « n'allait pas ». L'odeur de l'air n'était pas normale. Par moments, le vent apportait une autre senteur, à la fois forte et trouble. Cela semblait venir de l'ouest, et le fenn s'agitait davantage chaque fois qu'il se tournait de ce côté-là, Xoni demanda encore, dans le sabir étrange qu'il employait avec Croû :

« Tu veux qu'on aille voir ?

— Wobik. »

Alors, Xoni secoua doucement Hina. Il attendit qu'elle fût tout à fait réveillée, puis il s'expliqua.

« Ecoute-moi ! chuchota-t-il. Croû a senti une drôle d'odeur, à l'ouest. Je vais jeter un coup d'œil avec lui, pour savoir ce que c'est... Tu me comprends ?

— Oui. Veux-tu qu'on y aille tous?

— Pas nécessaire. J'y vais pour en avoir le cœur net, mais ce n'est sûrement pas dangereux. Laissons dormir Katia et Dogann. Tu veilleras sur eux, puisque c'est ton tour de garde.

— D'accord. »

Xoni prit une des torches électriques et suivit Croû qui l'attendait avec un peu d'impatience. Pendant cinq ou six cents pas, tous deux marchèrent en silence. Xoni avançait assez lentement, en observant tout autour de lui et en notant mentalement le chemin parcouru, car il faudrait revenir plus tard. Quant au fenn, il ne s'embarrassait pas de telles précautions. Il se faufilait très vite entre les arbres et les rochers, avec l'agilité que lui donnaient ses quatre bras, puis il s'arrêtait pour attendre son compagnon, Xoni fut obligé de le freiner deux ou trois fois.

« Holà ! Croû ! Pas trop vite, mon gars !... »

C'était l'odeur de l'air qui les guidait, et on la percevait de mieux en mieux — une odeur âcre et forte, où se mêlaient plusieurs senteurs que Xoni reconnaissait mal.

« J'ai déjà senti ça quelque part, se dit-il. Oui, mais où ? »

Croû s'arrêta et parut réfléchir, puis il toucha d'une main la torche électrique, pour demander à Xoni de l'éteindre, et le garçon obéit. La montagne, le brouillard et le ciel avaient cessé d'être noirs autour d'eux. Tout baignait dans une étrange lumière bleue, juste assez forte pour que Xoni pût voir le sol et les rochers en face de lui.

« Ça va ! murmura-t-il. On continue. »

Tous deux reprirent leur avance. Croû semblait croire que Naust était tout proche à présent, et il marchait sans aucun bruit. Il s'orientait toujours par l'odorat, en se glissant entre les rochers sans jamais hésiter. Xoni le suivait comme il l'aurait suivi dans un rêve, sans plus s'inquiéter du retour.

« On retrouvera bien le chemin », se dit-il.

L'odeur était toujours plus forte à chaque minute et aussi plus intense la lumière bleue. A chaque pas qu'il faisait, Croû se montrait un peu plus prudent... Puis il s'arrêta et, d'une main, fit signe à Xoni de s'approcher. Maintenant, tous deux se trouvaient au haut d'une espèce de falaise à peu près verticale. Et à cent mètres au-dessous d'eux, ils apercevaient un vaste marais d'eau trouble, beaucoup plus grand que celui qu'ils avaient vu deux jours plus tôt.

« Opham », chuchota Croû.

Xoni regarda, et il sentit que son cœur battait plus vite que d'habitude. Puis Croû commença de parler. C'était encore un mélange de gestes, de mots fenns et de mots humains mais Xoni comprenait, et s'il avait dû le traduire à ses compagnons, cela aurait donné à près ceci :

« Regarde bien, Xoni. Ce que tu vois là, au-dessous de nous, c'est une partie de Naust... Il est grand, et il est cruel, et il est partout. Regarde l'opham et son eau qui remue.

Regarde les mousses, et les plantes rouges aux feuilles plates. Tout cela, c'est un peu de Naust... »

Alors Croû respira largement, à deux ou trois reprises, en bombant fortement le torse. Xoni devina aussitôt sa pensée.

« C'est par là qu'il trouve l'air dont il a besoin. Naust ne peut pas vivre sans les ophams. Chacun d'eux est un poumon pour lui... C'est pour cela qu'il les défend si bien, et qu'il est prêt à tuer sans pitié les fous qui s'en approchent. »

Le silence était complet, comme sur l'autre marais. Aucun oiseau n'aurait osé voler audessus de l'eau trouble. Alors, Xoni demanda :

« Comment sais-tu cela, Croû ?

— Parce que Tassim me l'a raconté autrefois. Et lui-même le tenait d'un très vieux fenn, à qui son aïeul l'avait révélé. Partout, les ophams sont inaccessibles et bien protégés. Partout, sauf ici. Viens voir... »

Alors, Croû partit vers le nord en longeant le bord de la falaise. Il ne s'était même pas retourné, tant il était sûr que Xoni le suivrait. Ils marchèrent ainsi pendant deux ou trois cents pas, dans un silence total, puis le fenn s'arrêta et montra quelque chose, en face d'eux.

« Regarde ça », chuchota-t-il.

Et Xoni regarda « ça ». C'était une longue pente où les rochers s'étaient accumulés dans un passé très lointain. Quelque chose comme une avalanche de rochers que le hasard avait arrêtée, Et cette longue pente aboutissait au haut de la falaise, où cinq ou six blocs étaient toujours en équilibre.

«Regarde bien!» insista Croû.

Il fit deux ou trois gestes rapides, et Xoni comprit. Cette avalanche que le hasard avait interrompue, on pouvait la relancer. Tous ces rochers tomberaient au bas de la falaise, si on les faisait rouler à nouveau sur la pente. Et si l'opham était vraiment un des poumons de Naust, cela pouvait le blesser sérieusement.

«Mais comment veux-tu faire ça, Croû ?»

Le fenn répondit aussitôt par d'autres gestes. Et cette fois, cela voulait dire, sans erreur possible :

«Toi et moi, nous le ferons. Nous allons grimper là-haut, et nous pousserons un des gros rochers. Ce sera facile, tu verras.

— Mais, c'est dingue! protesta Xoni. Tout à fait dingue...»

Et c'était vrai. A vouloir escalader cette longue pente, on risquait fort de glisser, de dégringoler jusqu'en bas et de faire le plongeon dans l'opham — en même temps que tous ces rochers, dont le moindre était plus lourd qu'un homme.

«C'est tout à fait dingue, je te dis. Nous serons morts avant d'arriver dans le marais. Ce n'est pas possible, Croû. Nous n'avons aucune chance d'en sortir vivants...»

Alors, avec d'autres gestes, le fenn expliqua qu'il fallait grimper lentement sur un des côtés, en restant à l'écart de la zone dangereuse. Et Xoni songea que, tout compte fait...

Les idées audacieuses et un peu folles l'attiraient toujours. Oui, l'escalade était possible, tout bien réfléchi.

« Il faudrait une heure en faisant le détour, murmura-t-il. Ce sera dur, mais on peut y arriver. Et quand nous serons là-haut, il n'y aura plus aucun risque. »

Une heure plus tard, ils étaient au haut de la longue pente. Il n'y avait guère qu'une centaine de mètres à grimper, mais l'escalade n'avait pas été facile. Et déjà Croû tournait autour des rochers, en les palpant de ses mains comme s'il voulait savoir où était le plus lourd. Sa peur avait tout à fait disparu, semblait-il, et seule subsistait son impatience.

Loin au-dessous d'eux, l'opham avait toujours la même phosphorescence bleue, plus belle que jamais. Xoni le regarda pendant une longue minute, puis il choisit un rocher plus gros que les autres, et qui paraissait moins stable.

« Celui-ci », chuchota-t-il.

Alors, Croû et lui poussèrent autant qu'ils le purent, en rythmant leur effort. Le rocher oscilla d'abord un peu, puis il bascula et commença de rouler sur la pente. Bientôt, il en heurta un autre, puis encore un autre qui roulèrent à leur tour... Et de proche en proche, l'avalanche de pierres se réveilla dans un fracas terrible.

« C'est gagné ! » murmura Xoni.

Les premiers rochers tombèrent dans l'opham en soulevant une gerbe d'eau — très belle dans la lumière bleue du marais.

Et alors... Alors, on entendit un grondement effrayant, un rugissement sauvage qui semblait venir de partout à la fois, de l'eau, de la montagne et du ciel. Un cri rauque et puissant, rempli de fureur et de haine, pareil à celui qu'auraient poussé cent lions géants. En même temps, le sol se mit à trembler, et une lourde fumée noire monta des bords de l'opham.

« Bon sang ! pensa Xoni. On a tiré le gros lot sans le vouloir. J'étais loin de m'attendre à ça. Comment ça va finir, ce truc ? Pas question de partir maintenant. Faut attendre. »

Le sol tremblait toujours davantage. Xoni devina que Naust avait tout compris, et qu'il cherchait à se débarrasser des deux imprudents qui avaient osé l'attaquer. Le garçon n'avait jamais été secoué aussi rudement. Il se cramponnait au sol de toutes ses forces, mais cela ne servait pas à grand-chose. A chaque secousse, il se sentait glisser vers la longue pente.

« Pourvu que ça ne dure pas trop longtemps... » murmura-t-il.

Ses doigts lui faisaient mal. Par deux fois, il dut lâcher prise et s'agripper un peu plus loin. Et la longue pente se rapprochait lentement... Quand il jetait un coup d'œil à Croû, il le voyait aussi glisser peu à peu, et il le devinait aussi inquiet que lui. Sur les bords du marais aux eaux troubles, la fumée noire ne cessait pas.

Xoni n'aurait pu dire combien de temps cela dura. Peut-être une demi-heure, peut-être davantage. Puis le rugissement diminua et la terre cessa de trembler. En même temps, la lumière bleue faiblissait. Xoni comprit qu'il se passait quelque chose d'important, cette fois.

« Naust ysted tédass... » chuchota Croû.

Xoni ne répondit pas. Il se releva rapidement, et fit quelques pas pour s'éloigner de la zone dangereuse. Le rugissement était toujours moins fort, comme s'il s'enfonçait peu à peu sous la montagne, et bientôt il cessa tout à fait. La nuit était à nouveau noire. Xoni se sentait trop nerveux pour parler. Il entendait Croû respirer à deux pas de lui, d'une respiration rauque et courte. Partout ailleurs, le silence était complet. Une longue minute s'écoula ainsi, puis Croû dit encore :

« Naust tédass. »

Il n'y avait qu'une seule façon de comprendre ces deux mots. Et si Xoni avait eu le moindre doute, il aurait pu deviner leur sens à l'intonation triomphale de Croû, et au silence absolu qui les entourait à présent.

« Naust mort. »

Il fallait rentrer au camp. Xoni ralluma sa torche électrique et commença de descendre, suivi de près par Croû. Une heure plus tard, ils rejoignaient les trois autres. Katia et Dogann, réveillés par le rugissement de Naust, paraissaient assez inquiets.

« On se demandait ce qui était arrivé, dit Dogann.

— Rien de grave! On va t'expliquer... »

Alors, Xoni raconta tout ce qui s'était

passé au-dessus de l'opham. Dogann l'écouta jusqu'au bout, sans l'interrompre une seule fois, mais il semblait soucieux, plus soucieux qu'il ne l'avait jamais été. Quand Xoni eut achevé son récit, Dogann resta encore une longue minute à réfléchir, puis il demanda simplement :

« Es-tu vraiment sûr que Naust est mort ?

— Euh... »

Xoni parut embarrassé. Tout était sombre et silencieux quand il avait jeté un dernier coup d'œil à la longue pente et à l'opham. A ce moment, on pouvait être certain que Naust était mort. A présent que Dogann en doutait, Xoni n'était plus sûr de rien.

« Et alors ? » insista Dogann.

Tout compte fait, Naust était terrible, et cruel, et tout-puissant. Etait-il possible qu'une vingtaine de rochers l'aient tué en quelques minutes ? Ce serait trop beau, on n'osait pas y croire... Et Xoni hésita longtemps avant de répondre.

« Je ne sais pas, dit-il enfin. Mais après la chute des pierres, c'était drôlement noir et drôlement silencieux, là-haut. Je ne te dis que ça... Plus rien ne remuait, je te jure. »

Croû écoutait sans intervenir, et on devinait qu'il ne se posait pas trop de questions. Pour lui, Naust était mort, et bien mort. Et Katia semblait le croire aussi. Quant à Hina, nul n'aurait pu deviner ce qu'elle pensait. Dogann finit par lui demander son avis.

« Et toi ? dit-il brusquement.

— Oh! moi, répondit Hina. Je crois qu'il aurait mieux valu ne pas le tuer, Naust...

— Pourquoi? demanda Katia.

— Réfléchis! S'il est mort, ça va faire un cadavre énorme. Pense à la quantité de pourriture que ça donnera. C'est assez pour empoisonner la moitié de la planète. Je ne voudrais pas voir ça.»

Dogann hocha la tête avec conviction, puis il ajouta :

«Moi, je pense comme Hina. Ce ne sera pas drôle du tout, s'il est mort. Mais j'aimerais quand même mieux qu'il le soit. S'il n'est pas mort et s'il veut se venger, nous ne rigolerons sûrement pas.»

*
* *

Le lendemain matin, les mains de Dogann étaient moins douloureuses, sans être tout à fait guéries, mais il paraissait aussi soucieux que la veille.

«C'est à propos de Naust que tu t'inquiètes? demanda Xoni. Tu voudrais savoir s'il est mort ou vivant?

— Oui, répondit Dogann. J'aimerais bien le savoir.

— Pas difficile! On n'a qu'à faire un petit détour vers l'ouest. En voyant l'aspect de l'opham, on saura si Naust est vraiment mort.»

Dogann refusa, d'un signe de tête.

«Pas question! trancha-t-il. C'est le dernier

endroit où il faut aller. Veux-tu te jeter dans la gueule du loup?

— Alors, on ne saura rien.

— J'aime encore mieux ne rien savoir. Ce qui compte vraiment pour nous, c'est d'arriver très vite au sommet, et de lancer notre S.O.S. Tu ne crois pas?

— Si, grand chef. D'accord.»

Tout en poursuivant l'ascension de la montagne, tous pensaient à Naust. Chacun se demandait ce qui changerait s'il était vraiment mort et, sans le dire, chacun cherchait des signes autour de lui. Croû était le seul qui grimpât sans inquiétude. Son ancienne peur l'avait quitté pendant la nuit, et il n'y pensait plus.

«Quels changements veux-tu qu'on trouve? demanda Xoni.

— Sais pas, répondit Dogann. Des buissons qui se flétrissent, peut-être. Ou des arbres qui meurent, Ou bien des dionées géantes qui se transforment en eau. Je ne sais pas, je te dis... Il faut tout observer. Nous pouvons tomber sur quelque chose d'imprévu, et il faut être prêts à comprendre ce qui se passe...»

Hina semblait sceptique.

«Ça ne sert à rien de chercher ces signes-là, dit-elle. Naust est si énorme qu'on ne peut rien prévoir... Si Xoni et Croû ont tué un de ses poumons, il en a sans doute encore assez pour survivre. Et même s'il a vraiment été frappé à mort, il peut agoniser pendant des semaines. Dans tous les cas, nous ne verrons rien.»

Toute la journée se passa ainsi, comme la veille, à suivre lentement des vallées étroites et difficiles, et à rebrousser chemin quand la remontée devenait impossible. Et à mesure que les patrouilleurs gagnaient de l'altitude, les vallées se faisaient toujours plus escarpées. Au crépuscule, Xoni dut annoncer à nouveau :

« Ça ne va pas ! Il faut redescendre ! »

Cela s'était déjà produit quatre fois, ce jour-là, mais le pire, avec toutes ces allées et venues, c'est qu'on avait l'impression de ne pas grimper d'un mètre. Il y eut un murmure de réprobation chez les patrouilleurs, et Xoni s'excusa.

« Désolé ! Je fais ce que je peux.

— Ce n'est rien, dit Dogann. On va faire demi-tour. »

C'était lui qui se trouvait en serre-file. Comme la vallée était fort étroite, il fut le premier pour le retour en arrière. Ils marchèrent ainsi pendant un quart d'heure, en revenant sur leurs pas, puis Dogann s'arrêta.

« Pas question d'aller plus loin ! annonça-t-il. C'est bouché. On ne passe plus. »

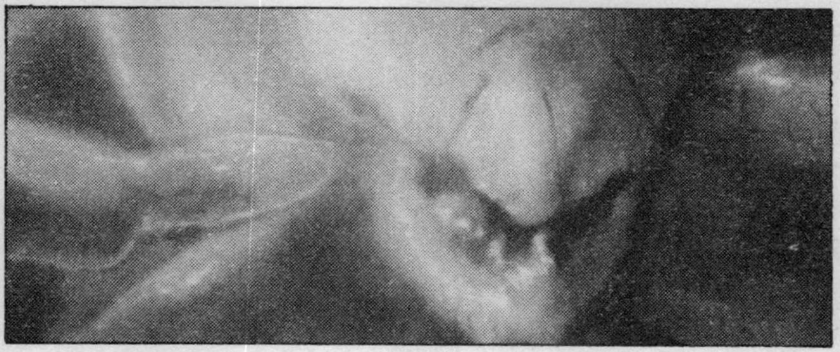

12

Dogann disait vrai. En cet endroit, la vallée était plus étroite qu'ailleurs — si étroite qu'elle se transformait en ravin — et le passage était tout à fait obstrué. Des plantes sauvages avaient poussé un peu partout, et elles mêlaient follement leurs tiges et leurs feuilles. Tout cela formait une haie vive, haute et touffue, impossible à franchir.

«C'est le même bidule qu'avant-hier, observa Katia. Mais il n'y avait rien quand nous avons remonté la vallée tout à l'heure. Ce truc a poussé en une demi-heure. Fantastique...»

Déjà, Dogann sortait son couteau. Il prit une des tiges entre deux doigts, pour la couper. Un scorpion sortit du feuillage à ce moment précis, et Dogann n'eut que le temps de retirer ses mains.

«Je comprends, dit-il à mi-voix. C'est un piège plus dangereux que les autres. Et plus raffiné, aussi... Sa signifie que Naust n'est pas mort. Et son cerveau n'est sûrement pas endormi. Il a toujours de l'imagination.»

Il écarta doucement une branche avec la pointe de son couteau, en l'éclairant avec sa torche électrique. On vit nettement d'autres scorpions qui couraient sur les feuilles.

« Il n'y a pas deux façons de s'en aller, conclut-il. Si nous ne grillons pas tout ça, nous ne passerons pas. Ecartez-vous un peu ! »

Les quatre autres reculèrent de quelques pas. Dogann dégaina son fulgurant et tira. Exactement comme l'avant-veille, la haie ne s'enflamma pas. Seuls, les scorpions brûlèrent. C'étaient autant de brèves petites flammes jaunes, chaque fois que l'un d'eux était touché par le jet de feu du fulgurant. Très vite, une épaisse fumée blanche s'éleva, qui piquait les yeux et les narines.

« Pas la peine de continuer, grommela Dogann. C'est la même fumée qu'avant-hier. Mais cette fois, nous ne pourrons plus nous tailler un passage à coups de couteau... »

Croû s'était rapproché de la haie. Il cherchait les scorpions, les faisait tomber adroitement sur le sol, et les écrasait alors sous une pierre — mais il ne pourrait pas les tuer tous ainsi, c'était impossible. Chaque nouveau piège de Naust était plus tortueux que les précédents. Dogann lança encore un jet de feu dans la haie. La fumée s'éleva à nouveau, et Katia se mit à tousser.

« Nous n'avons qu'un moyen d'en sortir, dit Xoni. Il faut filer par le haut. C'est notre seule chance. »

S'aidant de sa torche électrique, il éclaira tour à tour les deux versants du ravin. Aucun n'était vraiment à pic, mais il y avait assez peu de saillies où l'on pût s'agripper — et il fallait grimper ainsi sept ou huit mètres.

«Ce sera dur, murmura Dogann.

— Pas tellement, répliqua Xoni. Rappelle-toi qu'on a une corde, et qu'on peut s'en servir. Je suis à peu près sûr d'y arriver...»

La fumée blanche ne se dissipait pas. Katia toussa encore deux ou trois fois, pendant que Croû continuait à écraser des scorpions. Xoni n'hésita plus. Il fouilla dans son sac et en sortit une corde qu'il enroula rapidement autour de sa taille.

«J'y vais!» dit-il.

Il choisit son endroit et commença l'escalade. Il grimpait avec prudence, en cherchant longuement, de la main ou du pied, une aspérité assez large pour assurer une bonne prise. Dès qu'il l'avait trouvée, il avançait un peu en se collant à la muraille rocheuse, puis il recommençait avec l'autre main ou l'autre pied. D'en bas, ses compagnons le regardaient progresser peu à peu.

«Il y arrivera!» dit Hina.

Et en effet, Xoni réussit à sortir du ravin. Alors, il déroula la corde et la lança.

«A toi, Katia! ordonna Dogann.

— Pourquoi, moi?

— Parce que tu es plus jeune qu'Hina. Allons, ouste! Ne traîne pas. On est pressés.»

Katia grimpa sans trop de peine. Après elle, ce fut le tour de Croû, qui avait tout observé sans rien dire, mais qui refusa de se servir de la corde.

« A ton tour, Hina! lança Dogann.

— Et toi ?

— Moi, je passerai après toi. Dans un naufrage, le commandant reste à bord le dernier. »

Dogann grimpa le dernier, en effet, mais l'escalade fut plus difficile pour lui, car ses mains n'étaient pas tout à fait guéries. Il fallut enrouler la corde autour de ses poignets, et ses trois compagnons le hissèrent jusqu'en haut, tandis qu'il s'aidait un peu des pieds.

« Ouf! dit-il. Et merci... C'est une bonne chose, que nous soyons sortis de là. Et maintenant, nous sommes à peu près tranquilles jusqu'à demain matin. »

*
* *

Ce soir-là, les maux de tête furent moins forts que les jours précédents — mais les veuxx avaient toujours le même goût désagréable, et brûlaient la langue et le palais autant qu'avant. Un autre changement, c'est qu'on voyait moins de fourmis et de moustiques noirs.

« Normal, observa Xoni. C'est un effet de l'altitude. On trouve moins d'insectes en haute montagne. Nous ne sommes sans doute plus loin du sommet. »

En vérité, il n'y avait aucun moyen d'en être sûr. Les patrouilleurs avançaient toujours dans le même brouillard orange, et on y voyait rarement à plus de cent mètres.

« Quand crois-tu qu'on arrivera ? demanda Dogann.

— Difficile à dire, répondit Xoni. Il y a toujours l'imprévu, qu'il ne faut pas oublier... Demain soir, j'espère. Si tout se passe bien. »

La nuit fut sans histoire, mais à vrai dire, Naust attaquait rarement dans l'ombre. Aussitôt le petit déjeuner achevé, Dogann annonça :

« Hop ! On y va. » Chacun des patrouilleurs était impatient de voir la fin de cette journée.

« C'est curieux ! observa Katia. On dirait qu'il fait plus chaud qu'hier... Ou bien, je me trompe ?

— Pas d'importance ! répliqua Dogann. On n'a jamais eu froid, sur cette planète. Un peu de chaleur en plus, ça ne compte vraiment pas. »

Au bout d'une heure de marche, on cessa de voir des arbres et des buissons. Il n'y avait plus d'autres végétaux que quelques mousses et quelques lichens. En même temps, l'air semblait avoir changé. Il avait une autre odeur, à présent — une odeur qu'Hina flairait avec un peu d'étonnement.

« Bizarre ! dit-elle. J'ai déjà senti ça quelque part, mais où ?

— C'est de l'ozone, expliqua Dogann. Moi, je me rappelle où nous avons senti cette odeur-là. Sur Hell, la nuit où nous avons eu l'orage magnétique[1]... S'il y a de l'ozone ici, c'est parce que l'air est ionisé...

---

1. Voir *Au pouvoir des corsaires,* dans la même collection.

— Ça veut dire? demanda Katia.

— Qu'il est chargé d'électricité, si tu préfères. Voilà pourquoi nos ondes de radio ne passent pas. »

Croû avait senti l'ozone, lui aussi. Il reniflait avec insistance, faisait quelques pas au hasard, regardait autour de lui et revenait en arrière. De temps en temps, il poussait un petit cri aigu.

« Sa peur est revenue », murmura Xoni.

Alors il s'accroupit pour parler au fenn. On entendit à nouveau de longues phrases de ce baragouin bizarre qu'ils étaient seuls à comprendre.

« Tu perds ton temps, fit observer Dogann. Si c'est l'odeur de l'ozone qui lui fait peur, tu ne réussiras pas à le calmer. »

Il faisait chaud, nettement plus chaud que les autres jours. Xoni se releva aussitôt. Oui, Dogann avait raison, Il fallait continuer à grimper.

« D'accord! dit-il. On y va. »

Il reprit la tête du groupe, et bientôt, ce fut la fin des vallées. A présent, les patrouilleurs parcouraient un vaste plateau qui s'élevait en pente douce, ou, selon l'expression de Katia : une « plaine-qui-montait-un-peu ». C'était un grand espace désert, toujours baigné du même brouillard orange, et parsemé de gros rochers. Au bout de cinq ou six cents pas, Croû rejoignit Xoni et l'attrapa par une main pour l'empêcher d'aller plus loin :

« Rahès, Xoni!... Rahès!... »

Et il ajouta une longue phrase affolée. Une phrase qui n'en finissait pas, et que Xoni parut comprendre.

« Qu'est-ce qu'il raconte ? demanda Dogann.

— Il dit qu'il ne faut pas aller plus loin. Ce qui nous attend, si nous continuons, ce sera terrible. Tout ce que nous avons vu jusqu'ici, ce n'est rien à côté de ce qu'on trouvera plus haut... »

Le regard de Croû allait sans cesse de Xoni à Dogann, et on lisait la peur dans ses yeux, une peur intense qui venait du plus profond de son être.

« Est-ce qu'il sait quelque chose de précis ? demanda Dogann.

— Non. Il a peur, et c'est tout. »

Les patrouilleurs se regardèrent. Ils étaient courageux tous les quatre, et ils en avaient vu d'autres. Aucun d'eux n'était prêt à faire demi-tour, et pourtant... Pourtant...

« Il y a quelque chose d'anormal aujourd'hui », dit Hina.

C'était vrai. Ce jour-là n'était pas comme les autres. L'air était chaud et très humide. Xoni se sentait les nerfs à fleur de peau, comme s'il avait bu — trop vite — plusieurs tasses de café très fort. Il avait envie de se retourner à tout moment, ou d'aller voir à la limite du brouillard, comme s'il devinait un danger caché.

Et cette impression-là, ses compagnons l'éprouvaient aussi.

« Même si ça ne va pas, il faut continuer, insista Dogann. Essaie de lui expliquer ça, Xoni. Il *faut* qu'on arrive en haut ce soir, coûte que coûte.

— D'accord. Je vais le lui dire. »

A nouveau, Xoni s'accroupit pour parler à Croû, et en même temps, il lui prit deux mains et, cette fois, le message de confiance passa plus vite. Le fenn reprit courage et dit à mi-voix :

« Wobik. Croû va suivre... »

Tous reprirent leur marche sur la plaine-qui-montait-un-peu, et cinquante pas plus loin, il y avait déjà du nouveau. Un bruit bizarre... Une longue suite de petits coups secs qui semblaient venir de partout — à peu près le bruit de centaines de petites pattes dures courant sur les rochers. Et ce piétinement semblait tout proche. Xoni s'arrêta, et avec lui, tous les autres.

« Qu'est-ce que c'est ? » demanda Dogann.

Il regardait autour de lui, sans rien voir d'anormal. Il n'y avait rien d'autre que la plaine, ses lichens et ses gros rochers. Aussi loin que le regard pouvait porter, on n'apercevait aucun animal.

« Mauvais, ça... » dit Croû.

Sa respiration était rauque et courte, comme au-dessus de l'opham, deux nuits plus tôt.

« Ça va mal tourner », pensa Katia.

Xoni le pensait aussi. Il avait l'impression de tomber lentement dans un gouffre, comme si ses pieds s'enfonçaient peu à peu dans la terre. Il ne fallait pas rester là. Il fallait redescendre à tout prix... Il allait parler, mais Dogann fut plus rapide que lui.

« C'est un piège ! dit-il. Ce piétinement que nous entendons, ce n'est qu'un piège. Ce n'est pas un bruit réel. Naust cherche à nous effrayer, pour nous obliger à redescendre. Ce bruit-là n'a pas d'autre but. »

Xoni ne répondit pas tout de suite. Il se passa les mains sur le visage et sentit d'étranges picotements sous ses doigts — et l'odeur d'ozone lui parut plus forte. Au-delà des phrases que Dogann venait de prononcer, on entendait des centaines de pattes minuscules qui martelaient toujours les rochers. Alors, Xoni parla.

« Je ne sais pas, murmura-t-il. Mais je crois que tout est encore à venir. J'ignore ce que nous allons trouver en avançant, mais ce sera pire que tout le reste. Nous ne pouvons pas le voir parce que c'est encore dans le brouillard, bien sûr. Mais quand nous le verrons, alors... alors... »

Il n'acheva pas sa phrase, et regarda autour de lui. Croû observait tour à tour les patrouilleurs et le brouillard, avec cette même respiration rauque et haletante.

« Et toi, Nina ? Tu penses quoi ? demanda Dogann.

— Moi, je pense comme Xoni.

— Moi aussi », dit Katia.

On entendait encore le long piétinement sur les rochers. Il n'y avait pas d'autre signe de vie dans toute la plaine. Alors, Xoni se décida tout à coup.

« Il faut qu'on grimpe, dit-il. Je sais. »

Il tendit sa main gauche à Croû, et le fenn comprit ce geste. Il prit la main du garçon dans une des siennes, et la serra. Son attitude signifiait clairement :

« Si tu avances, j'irai avec toi. »

Puis Xoni dégaina son fulgurant, débloqua le cran de sûreté et dit simplement :

« Eh bien ! On y va. »

Alors il commença de marcher, lentement, et autour de lui, le choc des pattes sur les pierres ne cessait pas. Xoni observait tous les rochers l'un après l'autre, presque sûr qu'un animal s'y cachait et qu'il allait surgir tôt ou tard. Et vingt pas plus loin, il le vit surgir, en effet... Ce fut d'abord une ombre à la limite du brouillard orange. Quelque chose d'incertain qui s'avançait vers eux, et qu'on voyait mieux à chaque instant.

« Nom d'un chien ! » jura Katia.

C'était un énorme insecte noir, deux fois plus haut qu'un homme et large en proportion. Une espèce de scarabée géant qui marchait droit vers eux, comme s'il avait toujours su qu'il allait les trouver à cet endroit. Les quatre adolescents s'étaient déployés en tirailleur, à quinze ou vingt pas l'un de l'autre, et tous attendaient.

« Du sang-froid ! conseilla Dogann. N'oubliez pas qu'un fulgurant ne porte pas au-delà de dix mètres. Si nous tirons trop tôt, ça nous fera gaspiller de l'hydrogène et nous n'en avons pas trop. Attendez le bon moment, et ne tirez qu'une seule fois. »

L'animal avançait toujours, sans la moindre hésitation. Il était à trente mètres. Ses six pattes se levaient et se posaient sur le sol l'une après l'autre, avec les mouvements réguliers d'une machine bien réglée. Xoni se trouvait juste en face de lui, et il voyait parfaitement sa tête, et ses gros yeux à facettes, et ses longues antennes souples.

« Pas drôle ! » pensa le garçon.

C'était vers lui que la bête se dirigeait. Elle avait deux mandibules énormes, assez grandes pour couper une tête humaine — et elle n'était plus qu'à vingt mètres, à présent. Xoni dégagea doucement sa main gauche, que le fenn tenait encore.

« Excuse-moi, mon vieux Croû. Il faut que j'aie les mains libres. »

Le monstre était à quinze mètres, et il s'avançait toujours du même pas régulier. Douze mètres. Dix mètres... Sans hâte, Xoni leva son arme, visa posément et tira. Un mince jet de feu jaillit du canon. Le garçon vit que le tir était bon, que le jet brûlant touchait exactement la tête de la bête, sans erreur possible.

Mais il n'y eut aucune flamme et pas la moindre fumée. Rien de ce qui accompagnait habituellement un coup au but. Le monstre ne tombait pas, ne s'arrêtait même pas... Non. Il continuait d'avancer tranquillement, comme si le jet de feu ne l'avait même pas effleuré.

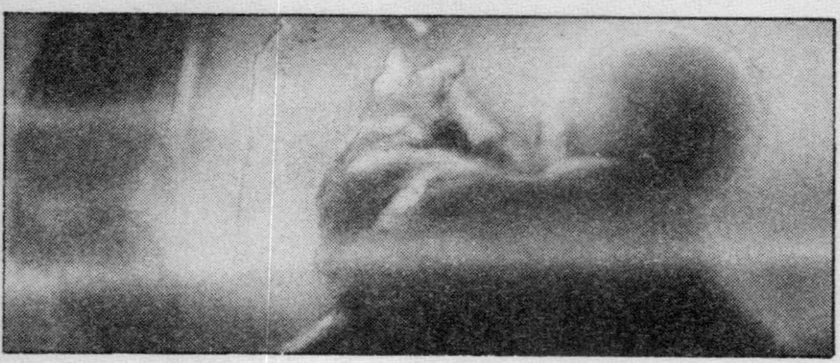

13

Xoni ne perdit pas son sang-froid. Il savait qu'il devait penser vite et agir vite. Pour vaincre un animal de cette taille, il fallait à tout prix l'attaquer par surprise. Alors, sans lâcher son arme, Xoni se mit à courir à toutes jambes vers la bête. Puis il plongea vers la droite au dernier moment, avec un roulé-boulé très réussi, et tira à nouveau. Cette fois, le jet de feu toucha le monstre en plein ventre.

«Je l'ai eu!» cria le garçon.

Mais cette fois encore, on ne vit aucune flamme, ni aucune fumée, et le monstre continua de marcher normalement. Xoni s'était relevé. Il était debout à deux ou trois pas. Son cœur cognait dans sa poitrine, et il regardait le scarabée géant qui s'éloignait.

«Bon sang!» murmura-t-il.

La bête marchait toujours du même pas régulier, comme si rien ne s'était passé. Dogann tenait encore son fulgurant, et il avait un demi-sourire sur les lèvres. Katia et Hina s'approchèrent, et Croû les rejoignit.

« Ça va! dit Dogann. Je crois que j'ai compris.

— Moi pas! s'écria Xoni. Si tu as compris, tu as beaucoup de chance. »

Tous regardaient le monstre, qui continuait à s'éloigner. Il était maintenant à trente ou quarante pas, et rien n'indiquait qu'il fût prêt à faire demi-tour. On entendait toujours des centaines de pattes minuscules qui frappaient le sol.

« Oui. j'ai compris, confirma Dogann. Pendant que tu t'amusais à faire des pirouettes, j'ai tiré sur la bête, moi aussi, et je l'ai touchée... Je suis sûr de l'avoir touchée, et ça n'a servi à rien...

— Moi aussi, je l'ai touchée! dit Xoni.

— Je sais. Chaque fois, la flamme a traversé son corps de part en part. »

Tout en parlant, Dogann essuya son fulgurant et le glissa à nouveau dans sa gaine, comme s'il était à peu près sûr qu'il n'y avait plus aucun danger.

« Ça veut dire que ce n'est pas un vrai monstre, poursuivit-il. C'est une bête en trompe-l'œil que Naust nous a montrée pour nous faire peur, mais ça n'a rien de réel.

— Nooon! fit Xoni.

— Si. A présent, nous sommes assez près du sommet, et très loin de Naust. Il peut encore nous effrayer, mais il n'est pas assez fort pour nous tuer à cette altitude-ci. »

La plaine-qui-montait-un-peu cessa bientôt, sans qu'aucun autre animal se soit montré. En même temps, le long piétinement cessa, mais l'odeur d'ozone persista. La pente s'accentua, et tous comprirent qu'on s'approchait vraiment du sommet.

« Encore combien de temps ? demanda Katia.

— Deux ou trois heures, répondit Xoni. Sans garantie... Il peut encore nous tomber une tuile, tu sais. »

La chaleur restait toujours aussi forte, et elle ralentissait sérieusement l'escalade. Parmi les patrouilleurs, c'était Katia qui en souffrait le plus, et elle n'essayait pas de le cacher.

« Ce n'est pas normal, cette chaleur-là, dit-elle une fois. Il va sûrement se passer quelque chose. Peut-être un orage, ou un machin comme ça.

— Il n'y a rien d'anormal, répondit Dogann. Jusqu'à présent, les nuages nous ont protégés du rayonnement d'UV Céti... Maintenant, nous nous rapprochons du sommet, et nous avons moins de nuages au-dessus de nous. La chaleur nous atteint plus facilement. C'est clair.

— Oui, mais...

— Je n'ai pas fini, poursuivit Dogann. Regarde bien autour de toi. Tu verras que le brouillard est plus clair qu'au pied de la montagne. On a plus de lumière ici, et c'est tout à fait naturel. »

Xoni écoutait sans intervenir. Tout ce que Dogann avait dit semblait raisonnable, mais... il restait quand même un doute. La chaleur était vraiment très forte. Il y avait aussi ces picotements bizarres, qu'on sentait chaque fois qu'on se passait les mains sur le visage. Et il y avait la peur de Croû, qui ne cessait pas. Rien de tout cela n'était normal.

« Alors, on continue ! » conclut Dogann.

L'ascension se poursuivit pendant une heure environ, puis Croû agrippa Xoni par une main, une fois de plus. Il semblait plus inquiet que jamais.

« Qu'est-ce qui se passe, Croû ?

— Mauvais ça, Xoni... Mauvais... »

Il montrait le ciel en même temps. Au travers des nuages, à peu près au zénith, on apercevait une boule de feu qui ne pouvait être qu'UV Céti.

« Il faut qu'on avance, grommela Dogann. Nous ne pouvons pas nous arrêter toutes les deux minutes parce que Croû a du vague à l'âme. Il *faut* arriver au sommet, coûte que coûte. Et plus tôt nous y serons, mieux ça vaudra. »

Il semblait d'assez mauvaise humeur en parlant ainsi, comme si la chaleur lui portait sur les nerfs.

« Je sais cela, répliqua Xoni. Mais moi, je commence à le connaître, Croû. Et cette fois, je crois qu'il faut le prendre au sérieux, son avertissement.

— Ouais ! fit Dogann. Avant qu'on ne voie le scarabée géant, tu disais déjà ça. Et pourtant, il n'y avait pas de vrai danger. Et maintenant, tu voudrais qu'on... »

Il s'arrêta de parler pour regarder Croû, qui n'avait jamais paru aussi agité. Il trépignait d'impatience, et tournait sans cesse autour de Xoni pour attirer son attention. Comme cela ne suffisait pas, il le tira par la manche en montrant le ciel, et en poussant de petits cris aigus.

« Il n'a jamais été aussi nerveux, observa Katia. Il y a quelque chose qui se prépare, c'est sûr.

— Nous sommes tous nerveux, répliqua Dogann. Ce n'est pas une raison pour faire n'importe quoi. »

Croû criait toujours plus fort. Xoni voulut lui parler, mais il n'écoutait plus rien.

« Allons! insista Dogann. On ne peut pas rester ici. »

A ce moment, le fenn n'y tint plus. Il cessa de crier tout d'un coup, et se mit à descendre la montagne en galopant à toute vitesse sur ses quatre mains.

« Reviens, Croû !... Reviens... » cria Xoni.

Mais le fenn avait déjà disparu dans le brouillard orange. Xoni allait se lancer à sa poursuite, quand Dogann l'arrêta, en l'agrippant fermement par un bras.

« Non, Xoni! Pas question!

— Mais...

— Non, je te dis! Je regrette beaucoup, mais il faut monter, maintenant. Rien d'autre. »

Dogann avait parlé d'une voix plus dure. Xoni devina sans peine qu'il ne fallait pas insister.

« D'accord, grand chef! On y va. »

Tous reprirent leur ascension, pendant cinq ou six minutes. Puis Hina s'arrêta.

« Ecoute-moi, Dogann ! dit-elle. Je suis sûre qu'il se passe quelque chose. Regarde *bien* autour de nous... Regarde les rochers... Regarde le brouillard et le ciel... La lumière change. Elle est toujours plus intense, je te jure. »

Xoni s'était arrêté aussi, et il observait tout autour de lui. Calmement, sans s'affoler. Oui. Hina ne se trompait pas. Le brouillard orange était bien plus clair et plus lumineux qu'avant, et son éclat s'intensifiait à chaque minute.

« Il va sûrement se passer quelque chose, murmura-t-il. Ce n'est pas normal, que la lumière change ainsi. Et la chaleur a l'air d'augmenter aussi. »

Dogann regardait en même temps, mais il ne disait rien, comme s'il était perdu dans un rêve. Il poussait un caillou du pied, doucement, tout en se mordant les lèvres, ce qu'il faisait souvent quand il réfléchissait.

« Alors ? » demanda Hina, sans impatience.

A ce simple mot, Dogann sembla sortir de son rêve. Il se frappa le front d'un geste brusque — le geste de celui qui comprend enfin ce qui lui arrive.

« Il faut filer d'ici ! dit-il avec énergie. Tout de suite. Sans perdre une seconde.

— Tu sais ce qui se passe ? demanda Katia.

— Oui, bien sûr ! Croû avait raison de s'en aller. Mille fois raison... Il faut faire comme lui. Il faut partir aussi.

— Et tu peux nous expliquer ?

— Non. Pas le temps. Il faut filer tout de suite, et redescendre la montagne sans perdre un instant. Je vous expliquerai tout quand nous serons en bas. Si nous y arrivons... Vite... »

Et Dogann partit, sans plus attendre. Au bout d'une vingtaine de pas, il se retourna un bref instant, pour s'assurer que ses compagnons le suivaient. Puis il continua de courir.

« Où va-t-on ? cria Xoni.

— N'importe où, répondit Dogann sans s'arrêter. Nous descendrons le plus bas possible. Et si nous pouvons dénicher un abri, ça n'en sera que mieux.

— Quel genre d'abri ?

— N'importe quoi. Une grotte, si nous en trouvons une. »

Ils couraient aussi vite qu'ils le pouvaient. Dogann ne cherchait pas à s'orienter. Il fonçait à peu près au hasard, pourvu que le chemin fût assez en pente. Son seul souci était de ne pas se casser le cou.

« Hé ! cria encore Xoni. As-tu pensé qu'il faudra remonter tout ça ?

— J'y ai pensé, répliqua Dogann. Ce ne sera pas drôle, mais tant pis ! Il faut ce qu'il faut... »

Tout en courant, Dogann pensait à la chaleur, et il la sentait augmenter à chaque minute, un peu comme s'il était poursuivi par une bête féroce et rapide.

« Nous n'y arriverons pas, pensa-t-il. Si on trouvait une grotte, au moins... »

A mesure qu'ils descendaient, les mousses se faisaient plus nombreuses, augmentant le danger d'un faux pas. Dogann se sentait à bout. Pendant un court instant, il se demanda s'il n'allait pas s'arrêter n'importe où, sans avoir trouvé d'abri... Et juste à ce moment, Hina cria :

« Une grotte! A droite! »

On la voyait à peine. Ce n'était rien de plus qu'une tache incertaine, à la limite du brouillard.

« Tu en es sûre? demanda Dogann.

— Oui. »

Et c'était bien une grotte, en effet. Bientôt les quatre patrouilleurs se glissèrent à l'intérieur et s'assirent sur le sol. Tous étaient à bout de souffle et, pendant une longue minute, personne ne dit rien. Puis Katia demanda :

« On a perdu combien? Je veux dire : en altitude?

— A peu près trois cents mètres, précisa Xoni. On descend vite, en courant comme ça. Très vite.

— Oui, approuva Dogann. Et moi, je donnerais n'importe quoi pour qu'on soit beaucoup plus bas. »

La grotte était assez petite, à peine cinq ou six mètres dans sa plus grande dimension. Il fallait se baisser un peu pour y entrer, et l'air qu'on y respirait n'était pas trop chaud. Il y eut encore un long silence, puis Katia se décida à poser la question que tous avaient sur les lèvres.

« Vas-tu nous le dire, à la fin, pourquoi tu

nous as fait galoper comme des chamois? On voudrait bien comprendre, nous autres.

— Oui, répondit Dogann. Je vais te le dire. En quittant l'Epervier 7, j'aurais dû poser une question à Tung. Est-ce que tu t'en souviens?

— Bien sûr! Tu voulais des renseignements sur UV Céti, et tu as oublié de les demander. Bien sûr, qu'on se rappelle.

— Eh bien! Ça m'a tracassé, cette histoire. J'y ai pensé pendant des jours, à ces renseignements-là. Ça m'a trotté dans la tête, tu peux me croire.

— Et alors? C'est à cause de ça que tu nous as fait dégringoler trois cents mètres? C'est pas sérieux. »

La grotte était assez sombre, car seule l'entrée l'éclairait. De l'endroit où ils se trouvaient, les patrouilleurs ne voyaient qu'une large tache uniforme et brillante, aussi belle que si le brouillard était fait de pure lumière.

« Oui. C'est à cause de ça, répondit Dogann. Quand Hina m'a dit que la lumière changeait, ça m'a fait un choc, je te jure. Ça m'a tout rappelé, brusquement.

— Tout quoi? demanda Xoni.

— Une chose que j'avais presque oubliée. UV Céti n'est pas une étoile normale. C'est une étoile éruptive... Tu te rends compte?

— Hé! fit Katia. Est-ce que tu ne pourrais pas en dire un peu plus? Je ne suis qu'une pauvre botaniste, moi. Ça ne me dit rien du tout, une étoile éruptive.

— Facile! répondit Dogann. Tu sais ce que c'est, l'éruption d'un volcan. On voit sortir brusquement de la lave en fusion, et des gaz enflammés.

— Oui. Bien sûr. Je sais ça.

— Eh bien, une étoile éruptive, c'est quelque chose dans ce genre-là. L'éclat de l'étoile augmente en quelques heures, et il peut grimper jusqu'à deux cents fois sa valeur normale. Et alors, ça chauffe, tu peux me croire ! »

Machinalement, Xoni regarda l'entrée de la grotte. Il avait l'impression que la tache claire était toujours plus lumineuse. Etait-ce une simple impression ?

« Bon ! dit Katia. C'est ce qu'on voit pour le moment, sans doute. Et après, qu'est-ce qui se passera ?

— Après, l'étoile va maintenir tout son éclat durant une heure ou deux. Et puis tout rentrera dans l'ordre, petit à petit. UV Céti va reprendre son aspect habituel, et il ne se passera plus rien pendant quelques semaines. Ou quelques mois, peut-être. Et ça recommencera plus tard.

— Compris. Ça veut dire que nous aurions été grillés, si nous étions restés là-haut ?

— Sûrement, répondit Dogann. Ici, dans cette grotte, j'espère que nous y échapperons. »

Alors, Xoni demanda :

« Et Croû ? Que va-t-il devenir ? Il faut qu'on le retrouve, et qu'on l'amène ici. »

Il se leva d'un bond, courut à l'entrée de la grotte, essaya de sortir et s'arrêta. L'air était brûlant. Il était impossible de se risquer au-dehors.

« Zut ! grommela-t-il. Rien à faire. Il est déjà trop tard. Qu'est-ce qu'il va devenir, le pauvre Croû ?

— N'oublie pas qu'il s'est sauvé avant nous, fit observer Hina. Il connaissait sans doute le danger, et il a dû trouver une grotte. Tout comme nous en avons trouvé une. »

Xoni regarda encore au-dehors, puis il vint se rasseoir parmi ses compagnons.

« Quand on sort de la grotte, on a vraiment l'impression d'entrer dans un four, murmura-t-il. S'il n'a pas trouvé d'abri, il doit être dans un triste état, Croû.

— Oui, approuva Dogann. Maintenant, je comprends pourquoi les fenns ne viennent jamais sur la montagne. Ils n'ont pas tort. En bas, les nuages les protègent de la chaleur. Sans cette couche de nuages, il n'y aurait aucune vie sur la planète. »

Une longue attente commença. Chaque fois qu'il allait jusqu'à l'entrée de la grotte, Xoni trouvait le brouillard plus lumineux qu'avant, et en même temps plus chaud. Un peu plus tard, il aperçut des petites flammes jaunes qui s'élevaient un peu partout sur les rochers, pour s'éteindre au bout d'une ou deux minutes.

« Ce sont les mousses et les lichens qui brûlent, expliqua Dogann. Et ce n'est pas fini. On n'est pas au bout. »

L'intérieur de la grotte avait cessé d'être obscur, et, de minute en minute, il s'éclairait davantage. Puis on entendit un craquement — pas trop fort et assez bref —, bientôt suivi par d'autres. Et cela semblait venir de partout à la fois.

« Qu'est-ce que c'est, maintenant ? demanda Katia.

— Ce sont les roches qui s'échauffent et qui se fissurent autour de nous, répondit Dogann. La chaleur doit être terrible, au-dehors... Fichue planète ! On aurait dû descendre encore plus bas. »

Puis l'air chaud entra dans la grotte, lentement, par bouffées. Au-dehors les craquements ne cessaient pas, la lumière orange était toujours plus vive — et chaque minute semblait longue.

« Est-ce qu'on ne peut rien faire ? demanda Katia. Je veux dire... Pour empêcher la chaleur d'arriver jusqu'à nous...

— Malheureusement, non ! répondit Dogann. Nous ne pouvons rien tenter. Tout ce que nous pouvons faire, c'est attendre. En espérant que nous en sortirons vivants. »

Xoni n'écoutait plus. C'est à peine s'il avait entendu les dernières phrases que ses compagnons venaient d'échanger. Chaque mot lui semblait vague et flou, comme s'il était enveloppé d'ouate. Ses idées n'étaient plus très nettes, et ses yeux se fermaient malgré lui.

« Si ça continue, je vais sûrement roupiller... » pensa-t-il.

Il lutta pour rester éveillé, mais il n'était plus sûr de rien — ni de ce qu'il voyait, ni de ce qu'il entendait. Il avait l'impression d'entrer lentement, sans le vouloir, dans un rêve tout empli d'une lumière étonnante. Il résista pendant deux ou trois minutes, puis il laissa ses yeux se fermer et s'endormit tout à fait.

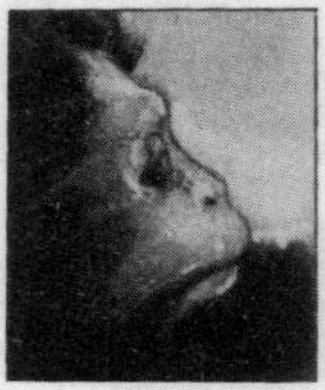

14

Xoni reprit conscience beaucoup plus tard, à la fin de l'après-midi. Avant même d'ouvrir les yeux, il se rappela, très vaguement, qu'il avait frôlé la catastrophe. Quelque chose s'était passé, oui, mais quoi ? Et son incertitude dura longtemps, un temps impossible à mesurer. Puis il s'éveilla tout à fait, s'appuya sur un coude et s'assit.

« Maintenant, je me souviens... » se dit-il.

La grotte était à nouveau presque obscure, mais Xoni devina que ses compagnons dormaient toujours. Puis, comme il se levait et se dirigeait vers l'entrée, une des trois ombres endormies s'agita. C'était Katia.

« Ça va ? chuchota Xoni.

— Euh... Oui, merci. Je suis un peu sonnée, tout de même. Mais ça passera... »

Au-dehors, quelque chose avait changé. Le brouillard était plus clair, et la lumière orange d'UV Céti semblait un peu différente. L'air avait une odeur de cendres et de fumée, et on voyait des taches noires sur les rochers, partout où les mousses avaient flambé. Katia demeura quelques instants à se frotter les yeux, puis elle se leva à son tour et rejoignit Xoni à l'entrée de la grotte.

« A quoi penses-tu ? Murmura-t-elle.

— A Croû, bien sûr ! Je me demande s'il est toujours vivant. »

Les roches étaient encore brûlantes. On sentait leur chaleur au travers des semelles, et on voyait au loin trembler l'air au-dessus du sol.

« Je n'y crois pas, dit Katia. Personne n'a pu rester en vie dans ce coin-ci. Et Croû, pas plus qu'un autre.

— Il a pu se réfugier dans une grotte, comme nous.

— Mmmwoui... Et si je te connais bien, tu vas vouloir lui courir après. Pas vrai ?

— C'est normal, non ? » fit Xoni.

Il s'éloigna de quelques pas, tout en regardant autour de lui, et Katia le suivit machinalement. Par bonheur, le brouillard était beaucoup moins dense qu'il ne l'était les jours précédents. A présent, on y voyait à sept ou huit cents mètres.

« Crois-tu qu'il a pu trouver un abri ? demanda Katia.

— Pourquoi pas ? Si nous avons déniché une grotte, il a dû en trouver une aussi. Quand il y a une grotte quelque part, il y en a souvent d'autres qui sont toutes proches... Ça dépend de la nature des rochers, tu devrais savoir ça. C'est ton domaine, après tout. Mais il faudrait aller voir plus bas. »

Ils descendirent peu à peu la montagne,

tout en cherchant, et parvinrent bientôt à la plaine-qui-montait-un-peu. On n'entendait plus aucun piétinement sur les rochers. Tout était silencieux, comme s'il n'y avait plus aucune vie.

« On croirait que la montagne est endormie, murmura Katia.

— C'est sans doute un peu vrai, répondit Xoni. Nous ne verrons plus de monstre ici. Naust a dû lutter de toutes ses forces pour se protéger de l'éruption d'UV Céti. Ça n'a sans doute pas été drôle pour lui. Maintenant que l'alerte est passée, je suppose qu'il est un peu groggy. Il faut qu'il reprenne des forces, avant de recommencer à faire le méchant. »

On ne sentait plus de picotements sur le visage ou sur les mains, et l'odeur d'ozone avait tout à fait disparu.

« Est-ce qu'on ne s'éloigne pas un peu trop ? demanda Katia.

— Ne t'en fais pas. J'ai mes repères, et je suis certain de retrouver Dogann et Hina. Aucun danger... Et si nous voulons dénicher Croû, nous devons quand même nous éloigner un peu.

— Et tu crois qu'on va le trouver ? »

Xoni ne répondit pas tout de suite. Il n'en était pas très sûr, à vrai dire, mais il ne voulait pas l'avouer.

« Alors ? insista Katia. Tu y crois vraiment ?

— Il *faut* le retrouver. Sinon, nous regretterons toujours de ne pas avoir cherché suffisamment. Tu sais, il suffit d'un peu de malchance pour le rater. Et d'un peu de chance pour tomber dessus...

— Et s'il est mort?

— Ah! Tais-toi! On verra bien.»

Et Xoni continua de chercher, en s'éloignant toujours plus. Puis son ardeur se ralentit, et il regarda Katia qui semblait vaguement inquiète, et qui dit à mi-voix :

«Nous sommes quand même loin, maintenant.

— Je sais», répondit Xoni.

Il secoua vivement la tête, pour montrer qu'il n'était pas prêt à se décourager. Puis il regarda autour de lui, plaça les mains en porte-voix autour de sa bouche et cria, de toutes ses forces :

«Ohé! Croû... Croû !... Tu nous entends?... Croû...»

Le cri fut renvoyé par l'écho. Pendant cinq ou six secondes, on entendit un long appel anxieux «oû... oû... oû...» qui semblait venir, tour à tour, de chacune des vallées. Xoni et Katia écoutèrent longuement, mais aucune réponse ne leur parvint.

«Il a dû s'éveiller en même temps que nous, murmura Xoni. S'il nous entend, il *doit* nous répondre.»

Il cria encore à trois reprises, mais seul l'écho répondit. Katia savait que Xoni pouvait se montrer parfois très obstiné, quand il voulait vraiment quelque chose. Elle attendait avec une certaine inquiétude. Puis elle finit par demander :

«Tu ne crois pas qu'il est mort?

— Je commence à le croire, répliqua Xoni. Il faut retourner vers la grotte, maintenant. Ça ne sert plus à rien, de s'attarder ici. Il fera bientôt nuit. »

Le soir tombait, lentement. Xoni commença de remonter la pente, à contrecœur. Et tout en grimpant, il regardait encore autour de lui.

« Nous ne sommes pas venus par ici, observa Katia. Est-ce que tu ne te trompes pas ? Ou bien, tu cherches encore ?

— Bien sûr, que je cherche ! répondit Xoni. Je cherche encore, mais je n'y crois plus beaucoup. »

Un peu plus tard, tous deux virent une lueur en face d'eux. C'était une torche électrique qu'on allumait et qu'on éteignait tour à tour, et cela donnait une succession rapide de points et de traits lumineux qui formaient un message en morse.

« Fantastique ! s'écria Xoni. Ils ont retrouvé Croû, et il est vivant. Formidable...

— Et puis ? demanda Katia.

— A part ça, on nous demande de remonter, bien sûr ! Nous n'avons plus rien à faire en bas. »

L'obscurité était presque totale, à présent, mais la torche électrique de Dogann indiquait la direction à prendre, sans erreur possible. Un quart d'heure plus tard, Xoni et Katia avaient rejoint leurs compagnons, Croû dormait au fond de la grotte, et Dogann expliqua ce qui s'était passé.

« Quand j'ai vu que vous n'étiez plus là, j'ai

compris tout de suite. Vous étiez sûrement partis chercher Croû. Pas besoin de faire un petit dessin. Alors, nous avons cherché de notre côté, Hina et moi. Et nous avons eu la chance de le trouver, à trois ou quatre cents pas d'ici. Tout seul dans une petite grotte.

— Et puis? demanda Katia.

— Hina l'a ranimé, et nous l'avons ramené. Mais ça n'a pas été facile. Il a souffert plus que nous. Depuis qu'il est ici, il dort comme une marmotte.

— Tu crois qu'il s'en sortira?

— Oui. Bien sûr.»

*
* *

Le lendemain matin, les patrouilleurs reprirent leur ascension avec Croû, qui avait récupéré des forces pendant la nuit. A la fin de la matinée, ils étaient au sommet de la montagne, un vaste plateau rocheux qui dominait de peu les nuages.

«C'est drôlement beau, admira Katia. On ferait le voyage, rien que pour regarder ça.»

Ils voyaient, au-dessus de leurs têtes, un ciel violet où brillait UV Céti et, tout autour d'eux, la mer de nuages à quelques mètres sous les rochers, dans une merveilleuse lumière orange. Le vent y soufflait par moments, en faisant courir des vagues, et chaque nuage semblait vivant.

Dogann sortit l'émetteur de son sac et le regarda pendant quelques instants, comme s'il hésitait à s'en servir. Puis il se décida.

« Allô ! Epervier 7 appelle *Antarès*... Epervier 7 appelle *Antarès*... Appel urgent. Répondez, *Antarès*... »

Xoni sentit que son cœur battait plus vite que d'habitude. Ce S.O.S. que Dogann venait de lancer, c'était l'appel de la dernière chance. Si l'*Antarès* ne répondait pas, les patrouilleurs seraient obligés — bon gré, mal gré — de rester sur cette planète impossible, et d'apprendre à vivre avec Naust.

« N'oublions pas qu'il y a une minute d'attente », ajouta machinalement Dogann.

Xoni regarda ses compagnons. Tous comptaient les secondes, et tous étaient aussi inquiets que lui. Seul, Croû semblait parfaitement détendu. La chaleur des rochers devait lui plaire, et il paraissait aussi heureux qu'un chat noir au coin du feu. Et le temps s'écoulait lentement, très lentement.

« Encore dix secondes », murmura Hina.

Ces dix secondes-là parurent plus longues que toutes les autres. Puis elles arrivèrent à leur fin, et rien ne se produisit.

« C'est fichu, dit Katia.

— Mais non ! répliqua Dogann. Ce n'est pas fichu. L'homme de l'*Antarès* est sans doute occupé par un autre appel. Ça arrive, ces choses-là. Un peu de patience.

— D'accord, dit Katia. Mais... »

Elle n'eut pas le temps d'en dire davantage. Une voix sortait de l'appareil.

« L'*Antarès* vous écoute. Parlez, Epervier 7.

— Ouf !... »

Alors, Dogann parla. En quelques phrases

très simples, il décrivit l'atterrissage forcé, l'abandon de l'Epervier 7 et l'ascension de la montagne. Puis il donna les coordonnées de la planète.

« Compris! dit la voix. Vous n'avez pas de blessés? Pas de malades? Pas d'urgence particulière?

— Non. Tout va bien.

— Parfait. Nous agissons tout de suite. L'équipe de secours partira dans une heure. Mais il lui faudra le temps d'arriver jusqu'à vous. Il y a dix-sept heures de vol.

— Bien sûr! dit Dogann. Nous savons cela. Merci d'avance. Nous attendons. »

Puis il coupa la communication, et remit l'émetteur dans son sac. A voir le visage des quatre patrouilleurs, on comprenait qu'ils étaient soulagés d'un grand poids. Ce fut Katia qui parla la première.

« Tu sais, dit-elle, c'était marrant de t'entendre raconter notre aventure... Ça donnait l'impression d'une promenade ou d'un pique-nique, sans rien de spécial. Avec juste un petit ennui de rien du tout, c'est qu'on avait perdu les tickets de bus pour rentrer à la maison.

— J'ai fait ce qu'on fait toujours, répondit tranquillement Dogann. Un rapport de mission, ce n'est pas du reportage à sensation. »

Croû s'était endormi pendant que Dogann parlait avec l'homme de l'*Antarès* — et tout en dormant, il avait toujours l'air aussi heureux.

« Et lui? demanda Katia, en le montrant

d'un geste. Je veux dire : Croû... Tu n'en as pas parlé. As-tu oublié qu'il fallait le ramener dans son village ?

— Mais, non ! Je ne l'ai pas oublié. Rassure-toi. Mais c'est un détail, ça. J'en parlerai aux gars qui viendront nous chercher, et ça s'arrangera tout seul. On fera un petit crochet pour le déposer chez lui, bien sûr.

— Moi, ce qui m'étonne, dit Xoni, c'est que tu n'aies pas parlé de Naust. Je m'attendais à ce que tu demandes une astrocorvette pour en finir avec lui. On pourrait bombarder les ophams, par exemple. Ça ne doit pas être trop difficile. »

Dogann secoua la tête.

« J'y ai pensé, répondit-il. Mais finalement, je n'ai rien dit.

— Pourquoi ? Tu n'as pas songé aux fenns ? As-tu oublié qu'ils se font manger l'un après l'autre ? Crois-tu que c'est amusant pour eux ?

— Je sais. J'ai pensé à ça, tu peux me croire. Il y a deux jours, j'aurais sûrement demandé qu'on tue Naust. Mais maintenant, je ne le demande plus. A cause de ça... »

D'un geste large, Dogann montra la mer de nuages autour d'eux — et juste à ce moment, le vent y fit encore courir des vagues.

« Quoi ? s'étonna Xoni. A cause des nuages ?

— Regarde-les bien, dit Dogann. On les voit remuer comme s'ils étaient vivants. Moi, je crois que cette mer de nuages, c'est un peu de Naust.

— Possible. Et puis ?

— Si on fait venir une astrocorvette, on

parviendra sans doute à détruire les ophams et à tuer Naust. D'accord... Et si la mer de nuages fait partie de Naust, qu'est-ce qui se passera, plus tard ?

— Compris ! fit Xoni. Sans nuages, il n'y a plus de protection pour les fenns. A la première éruption d'UV Céti, ils vont se faire griller. Ça ne ratera pas.

— Pas seulement les fenns, observa Hina. Aussi tous les insectes, et les plantes, et les oiseaux. Sans la mer de nuages, il ne restera plus rien de vivant sur la planète. »

IMPRIMÉ EN FRANCE PAR BRODARD ET TAUPIN
Usine de La Flèche, 72200.
Loi n° 49-956 du 16 juillet 1949 sur les publications destinées à la jeunesse.
Dépôt : février 1989.